御貓

貓之速寫及素描

sketches and realistic drawings of cats

PAUL
LUNG

——序一

靈魂

從小對不擅長的畫種，如水彩畫、鉛筆畫，總是既敬且畏，就是沒有那種天分，多試幾次便知趣了，做得好太難，不敢再褻瀆。天分要交予真正的人傑，Paul龍全盤接收，亦沒有埋沒掉，工餘仍作畫，然睡覺也費時，聽他説過，每天進度只有以平方寸計，憑此我已經對他又敬又畏。再看其方寸間，微塵般的石墨顆粒，嵌入紙的紋路，其灰虛若霞霧，其墨聚如繁星，直是一個個微觀宇宙，彷彿也感受到曾傾注過的多少心力，畫裡才可以進駐靈魂，真蹟才有那種懾人的魅力，那已經不是純粹的鉛筆畫，亦已經不只是貓了。

楊學德

序二

前世欠落

Paul的畫屬Realism派系，而他一定是這個派系的港區，甚至亞洲區代表。單靠一支鉛芯筆一張紙，不需要起稿，比例光影質感百分百全真實表現，堪稱「人肉影印機」。既然如此，我於是班門弄斧，寫一篇Realism風格的序言，也是百分百全真實記錄。

於二〇〇八年認識Paul，他的廣告公司找我畫一個Lipton紅茶包裝盒（詳見拙作《聾貓是怎樣煉成的》p.360）。貴為腦細，他在作品完成後才蒲頭打招呼，並送我一個他畫的貓檯曆，內含十二幅貓素描（也收錄本書中）。我當時想：「啊！幾得意呢條光頭佬，原來係黑白攝影師！影到啲貓好似素描出來一樣！」後來都花了若干時間方知真相原來恰好調轉。

數年後，玩微博，某天見友好轉發一幅Paul畫的曾志偉頭像。一如以往，畫到黑白相一樣。對於這類realistic artist不太多的香港及內地，網友看得嘖嘖稱奇。我找回那個檯曆上印著的聯絡（好彩無丟），電郵Paul並道：「喂，你張曾志偉家陣响微博瘋傳！」然後Paul開微博，未幾，一班相熟的靈魂藉著社交網絡重逢。

幾年來，每次回港的日子都跟 Paul 及梁栢堅（PK）在心燒把酒亂吹，熟到一個地步大家知大家有幾多身家，所以我和 PK 每次都不跟阿 Paul 爭埋單。有次飲醉（邊次無?.）得悉，原來 Lipton 紅茶包裝盒那個 job 我開價高了，但 Paul 情願公司賺少些都無壓我價，因為他欣賞我，當時聽到都好似有少少感動。再後來，大家差不多同時對佛學有興趣，甚至跟同一位密宗上師，亦順理成章地同時對日本東密的佛像著了魔。有次又在心燒飲醉，我掃手機，在日本 Yahoo 看中了一個京都佛像複製品，但沒有日本地址無法網購，Paul 二話不說幫我付錢落訂寄往日本朋友公司再轉運返港送我，他不夠法力開光否則一定開埋！

自此我肯肯定，Paul 前世欠下我不少。我返香港生仔他幫我搵屋租屋，車我入慈山寺參觀，太多行李拿不到返杭州，他公司家裡變成我的免費貨倉；有段時間香港酒店貴，他讓出親戚間吉屋給我住，還執到靚一靚問你怕未！如此種種事無大小他都對我關照效勞隨傳隨到！奇就奇在本人做事一向自己有能力就盡量自己做不煩他人，但世上竟然有個人心甘情願義無反顧一次又一次幫我，而我竟然一次又一次放開懷抱就讓他幫，任幫唔嫐！講到這裡如果不用前世今生去解釋都不知可以再用什麼！

咪住，嗱！去年一次靜心過程中，我真的見到前世的阿 Paul！他和我一齊在京都市郊一間小佛寺中修行，那世他眼細細（今世一樣）仲幾靚仔，當然，一樣都是光頭的。邪在：當初他幫我買那個佛像本尊真身，就正正是安放在那間佛寺！

係！世事就係咁奇。以上講的全部屬實，除了最尾一段，我真的無法證實，我只是百分百相信。

踏入中年始發覺：只要你夠相信某東西，某東西便成為真實。如一隻貓、如一個人、如一份情、如一張畫，亦如畫中任何一撮厚墩墩的貓毛，Paul 用一支筆去證明它真實存在過，並於萬世輪迴中烙下印，打風都吹唔甩。多謝 Paul。

小克

——序三 龍貓

龍氏首本畫冊，找我寫序，完全不知何解。畫，無論是畫或欣賞，我乃門外漢（門外漢再外圍）；貓，沒養過亦未食過，講什麼呢？唯有講人是非。

本書作者乃奇人一名，衰些講就是怪人乙名，任何有興趣之事物，必如夜用衛生巾，吸力超強，所有資料背景全印入腦。此人鑽研事物之瘋狂，就連垃圾電視劇到電影到漫畫到煮食到設計到藝術到密宗到 new age 都全放入大腦：一日瞓得四個鐘，做緊一般人兩三世做的事。

怪人其中兩強項，就是畫和貓。繪畫方面他已經磨煉至國際級（九龍皇帝之類），但並不賣，純粹為興趣。貓，已經修煉到能跟任何貓類溝通的地步，因其本身有特別氣場，幾難相處的動物他都有辦法，但對於人形畜生則絕緣。

癲佬會將任何興趣「升呢」到達人級，幸好他不太鹹濕，否則會變成極級色情狂，引起婦女界恐慌；如果有日他突然間有興趣殺人，香港失蹤人口一定會暴增，而警察會一直破不到案。

我都好奇怪寫貓書序可以講到去殺人，這樣啦，幸好這位仁兄沒有行歪路，個人心地也不錯，就連我這類人都當成朋友。這本書，他賺微利（有心賺錢他畫一幅已經夠一年使費但他又不會），旨在聯繫各方愛貓人，以愛出發，已是功德。

梁栢堅

序四

和貓也談一下

六年前第一次見Paul，很容易以為他的職業是照片沖曬員。他只用0.5鉛筆，逐點逐點把真實得嚇人的畫像繪出來，連景深的朦朧也鉅細無遺地呈現。很自然，便會請他為自己繪畫一幅。然後他會說，要了解你多一點，也要由他親自替你拍些照片，臉容是你的，但要從他的想法角度出發。

於是跟他談談理想，才知道原來他想退休，不需要很豐裕的生活，一所老早供完的房子，之前做生意賺到的金錢，已夠讓他有條件實踐自己的夢想。我以為他說說而已，因為身邊許多人都愛裝瀟灑，都是隨便逞英雄。結果Paul真的退休了，我喜歡他說得出做得到的作風。比原先計劃，他的退休生活多了一個畫室，每天沒需要為口奔馳仍然不停畫畫畫。

今天要他繪製真實畫像當然沒難度，要的只是時間。近年多看了他的隨筆，有趣是他的畫風也改變了，白描、速寫，另有一番景象，好像是人生去了另一個境界，畫風亦隨心所欲。我知道其中一個作業，是他替身邊朋友的貓寫生。早陣子在臉書放了朋友的貓圖，Paul以為是我養的，立刻詢問是否可以相約畫貓，可見他花了很多心力去完成這件事。如果我是貓或貓的主人，有機會給Paul繪畫，是一種榮幸。不知道Paul畫貓，要不要也要事先互相談話了解一下，我知道他愛貓的程度，他絕對有這個溝通能力。

金成

——自序

生於七十年代，當年沒有今天的多元化娛樂，加上資源不足，最大的娛樂或興趣就是一支鉛筆、數張「草紙」，（所謂「草紙」是當年的「玉扣紙」，是給上廁所用的）便能畫上半天。畫畫的興趣就是從那時開始養成的。

到後來小學至中學，可以到中環的大會堂圖書館借書，便借來一些畫冊作參考……或抄考作模仿練習，而畫畫的興趣也並沒有減退。及後至一九九〇年踏入社會工作，也曾把畫畫暫時放下，或說是放輕，因間中仍會拿起筆速寫。

直至二〇〇四年，因為工作的壓力亦不少，在想該如何去找一些興趣去減壓的時候，想到其實興趣一直都在，只是曾經放輕過，之後就重新投入畫畫的興趣。每天工作過後，回家便是畫、畫、畫……每晚畫上三至四小時，常常到深夜。這樣的生活及興趣，不但沒有感到吃力，相反壓力也慢慢消失了。畫畫變成了如禪修的行為，每次畫畫時，心境平靜地放空，眼手心都只餘下畫的世界，感恩。

由於家中有數隻活躍的小貓，加上空間不多，若要畫油畫、水彩之類的素材，相信貓咪們會助筆，然後變成人貓合作。所以還是選擇了比較方便的鉛筆畫，每天畫一點，然後放回袋中晚上再畫，由於天天對著這群貓咪，很自然便會選擇以牠們為題材，當然，牠們不會定下來讓我慢慢畫，所以唯有為牠們拍下照片再慢慢畫。我所用的工具是 0.3mm 鉛芯筆及 2B 鉛芯，而畫中的白毛髮會選擇用留白的方式表現，感覺完整性更好一點，但這樣就會需要更長的時間去完成，平均二十至三十天才可完成一幅。

這次結集了這十三年來所畫的數十幅貓素描，當中大部分都是我家中的貓星人；此外，還有數十幅貓速寫，是身邊朋友的家中寶貝，感激他們為速寫而撰寫的文章，每一篇都是朋友們對自己貓咪的話，又或是養貓的感受，感謝這些朋友的幫助才能完成此書。

最後，感謝三聯書店出版部願意為我這個宅男的興趣而出版此書，以給愛貓的同好。

Paul Lung

目錄

SKETCHES

五十五個

愛貓的獨白

55 Soliloquies of Cat Lovers

(排名不分先後)

歐錦棠
陳詠謙
Phat
Takki Wong
杜汶澤
鄧小巧
方力申
趙學而
Nicole
何韻詩
Donald Tong
黃秋生
林寄韻
王宗堯
Prodip Leung
陳意嵐

一向鍾情扁面寵物的我，家中有一隻十三歲的北京狗——冬菇仔。因為冬菇仔天生眼睛比較凸出，所以牠曾兩度被其他狗的指甲弄傷眼角膜。現在家中多養一隻寵物，而且是貓，我幾乎是想都沒想過的。我十分喜愛異國短毛貓（以下簡稱：異短），甚至會關注上載異短照片的網站，但因為我不鼓勵買賣貓狗，而能夠領養到異短這類純種貓的機會又不太多，而朋友家的貓大多是很有性格的「高傲型」，跟人與狗之間的互動差很遠，所以一直也沒有收養。

有一天，唱歌老師Mary突然問我想不想領養貓，我說：「但是冬菇仔……（下刪三百字）」Mary老師說：「牠在樓下的商店，肥肥胖胖樣子蠢蠢的好可愛。」我當時心想：「要是這麼可愛為何主人要棄養？」然後，老師立即帶我去看牠——牛牛。初時牛牛一副害怕的樣子，從店內的房間一步一步小心翼翼的走出來，突然有一隻金色毛的異短從貨架上衝出來突襲牠，那是牛牛的哥哥，一隻毛色很美、很有氣勢的金毛異短。

聽牛牛的前主人說，牛牛跟她家中的幾隻貓相處不來，一為怕牠繼續被欺負；二來牠天生腸胃不好，出生至今的便便也是軟的，做了很多檢查也找不到原因，醫生說可能轉換一下環境會比較好，所以前主人才忍痛割愛。

我先後去看了牛牛三、四遍，觀察到牠不起爪，才把牠帶回家。收養牛牛前，我也對牠的前主人說明，雖然我很喜歡牛牛，但如果牠跟冬菇仔相處不來，我也真的沒辦法。在帶牠走時，我看到牠的前主人阿婷強忍著淚水送牛牛出門，我就知道她很疼愛牛牛，棄養牠也只是迫不得已。牛牛樣子可愛，只看樣子肯定很多人也搶著要，但照顧牠真的比其他貓狗需要花更多的心思和時間。所以她特別想有相熟、懂得養寵物，而現在家中沒有養貓的人來收養牠。

牛牛來我家的首兩天，總躲在床下不出來，直到第三天終於適應過來。可能牠知道自己的便便不好，怕弄污自己，於是牠上過一次廁所後，便找別處便便。牠曾經試過一次在大門口便便，我打開門後連門框也沾上了。但經過連月來的試驗，我終於找到令牠腸胃好轉的糧食，自此以後，牠也再沒在大門口便便了。

而牠和冬菇仔的相處，亦相安無事。這隻只喜歡人類，不喜歡零食，腳短短，跳上椅子時臀部也會掉下來的異短，為我們家帶來了很多歡樂。

牛牛，你一定很愛這個家，看著你每天肚子朝天伸長手腳睡在沙發上，我就知道。

牛牛

貓主

Takki Wong 若琪（歌手）

虹虹是一位愛說話的貓老師，若你說對了，牠會回答你；若你想的偏離真知，牠不會睬你。

牠今年八歲，尖沙咀金巴利街街貓血統。當年菜檔老闆在牠初生幾天後就要送人。「要不要？」來不及思考，初生之貓軀已送到我手裡。緣分怎樣阻攔。（絕非受害者思考模式啊！）

牠可愛，有脾氣；牠美麗，很貪吃；牠喜歡人類，也需要空間；牠喜歡照鏡子。牠說自己要成為家裡的皇后。牠伴我成長，動物傳心師說，牠某前世是藥師會種植物，我們曾一起合作過。這樣說可能比較難以接受，不過以下的故事，千真萬確。

虹虹是我的老師。命運安排（過往）我這個容易焦慮、壓抑及經常批判自己的人因此患上濕疹。近年，牠教導我學習放鬆，牠說，做自己是不用自責和內疚的，而我的多年濕疹也已經好了（純天然療法呢！）。譬如想睡午覺就睡午覺，千萬沒有怪責自己的必要。譬如生氣就接受自己生氣，學習放心找一個合適自

己舒服的空間。我慢慢嘗試，慢慢學習接受自己真切的需要，學習接受自己的情緒，慢慢減少自我否定。另外一種放鬆，是一種深層的內在放鬆，對生命的信任，單純的全然的存在在這裡。不求一切，不給一切，此刻就是如此，如是接受。啊！這個很放鬆，是完全沒一點擔憂，不過如此深層的「存在」，直到現在只經歷過一次（哈哈）。如何分辨有沒有做到？虹虹若靠近，放鬆做到了；虹虹避之則吉，「施主你執著了（Dude you are trying too hard）」。虹虹也教會我去透過觀察、耐性、放手，去了解及明白別人的需要、喜好、心情，怎樣才是真的對別人好，什麼才是無條件的愛。譬如牠在睡，若去哄牠，牠會生氣地擺尾，意思是「我現在不想被打擾」。再而是，牠天生街貓性格，不喜歡剪指甲，牠視自己的指甲為自身的完美……「剪指甲是人類的習慣，並非街貓的習慣。」

貓在地球上彷彿是幫助人類進化的使者。慢慢地，人人都說我們長得一模一樣，人人都說牠長得像人，我長得像貓。

（備註：書放在床上，牠會突然按著書，並看著你，「Read this book」。做 **SRT**（Spiritual Response Therapy）時，牠會待在身邊守候。若牠躺在 **SRT** 那個打開了的文件夾上，意思是「我需要做 **SRT**」。）

虹虹

貓主

Nicole（my little airport **成員**）

其實家裡的貓們，什麼都知道。

你的喜怒哀樂、得意和失意、感情生活、健康狀況等等，牠們都知道；這些跟你居住於同一屋簷下的貓大人，看著你身邊的人來來往往，把一切都看在眼內，並且會為你記掛著。

我總共養過六隻貓，其中兩隻（Gooloo 和 Gutgut）已在六年前離開，現在的四隻還仁慈地容許我寄宿在牠們的基地中。去年演唱會期間，其中一隻持續地在我的床鋪上自由撒尿，基於很難確定兇手是哪一隻，走投無路之下，我去了找一位動物傳心師，企圖查個水落石出。

一問之下，竟得到意外收穫。從未跟我或我的貓碰面的傳心師回覆，轉述了對話，

她還演繹每一隻貓的語氣和個性。竟是那麼的貼切。

嫌疑犯一號，最遲入門的鬍鬚仔陳 Funky，語氣膽小又沒自信（牠在家也是常常躲起來）。原來牠覺得自己不夠好，不配在這個家裡，但又很想有所貢獻。結果有點想歪了，認為如果自己尿在床上，就能得到我多一點的注意，並且能顯示自己有多勇敢。

嫌疑犯二號，菇粒（我暱稱牠為貓仔），終日很生氣的樣子，傳回來的語氣，竟把我平常對話裡面的語氣全部學了過來，例如「妖～！」「好喇煩啊！」之類的俗語，全部在牠和傳心師姐姐的對話中山寨地複製過來。最好笑的，是牠視自己為「阿姐」，因我常常不在家，自覺必須擔當起監察其他貓的角色（所以常常會兇牠們）。還有其餘兩隻，Lamlam 和十四歲的老大阿 Gee，傳回來的也都是跟牠們的個性完全吻合的對話。

最讓我感動的，是在對話當中，每隻貓都會提到我是一個怎樣的人，自己有多疼我，而且都希望自己能擔當守護我的角色。

貓們雖自我，時而冷淡時而熱情，但其實都有思想情感，更會把你當作牠們生命中最重要的一個人，默默地用自己的方法守護著你。連你自己都忽略的細節，牠們從旁觀察著，可能比任何一個好友親人，更清楚和在乎你的一切。

好好珍惜這些小生命。牠們與你共處十幾二十年短暫的緣分，就是牠們的全部。而牠們，也成為不能或缺的家庭成員，或晴或暗、風雨不改在身旁陪伴著你。

Lam

貓主

何韻詩（歌手 @HOCC）

肥妹

貓主

方力申（歌手）

我養了兩隻貓。一隻一身灰毛，四腳雪白，名字叫BB，雌性，十二歲，是異國短毛種。另一隻也是異國短毛種，一身黃毛，也是雌性，十二歲，自幼至今體胖，故取名肥妹。兩隻貓在我家度過了十二個寒暑，已進入耄耋之年。

十二年前的聖誕前夜，BB先進了方家大門，肥妹隨後也來了，說是為了給BB作伴。就像我出世四年之後，有了個弟弟，說是為了給我有個伴兒一樣。我和弟弟一起成長，十分親密。我很難想像獨生子女的生活是怎樣的。但是，貓不一樣，牠們不一定需要同伴。牠們之間通常互不理睬。BB對肥妹甚至常懷嫉妒之心。我和弟弟性格、專長不一樣。在體育運動方面，弟弟不如我；但讀書方面，我不如他專注。

BB、肥妹性格迥異，喜怒哀樂各有表述方法。BB聰明、狡黠，肥妹忠厚、老實。曾經有飛蟲，甚至飛鳥闖進我家，兩貓爭相追逐。直到短兵相接時，BB作站崗看守狀，於一旁瞪眼而視，靜候別個出手。肥妹行就行先，死就死先，奮勇向前將獵物捕於懷中。

年幼時，兩隻貓都充滿好奇心，到現在就只有BB仍保持童心。家裡櫃桶打開了，牠就呆在櫃桶裡；櫥櫃門打開了，牠就鑽進櫥櫃裡。地上放著空的或半空的塑料口袋，轉眼間，牠便會藏身其中，露出頭來，東張西望。到處找不到牠時，掀開被窩，牠就在裡面呼呼大睡。

兩隻貓都常有病痛。肥妹現在懶惰遲鈍，跟曾大病一場有關。前年牠入住貓醫院，醫院將檢查報告寄到美國評估，結論是最好安樂死，免其痛苦。我們的工人阿娣，正準備辭職回印尼結婚，她知道後抱著肥妹說：「肥妹還有救的，我照顧牠，牠不好，我不走，不回家結婚。」阿娣一口水一口糧的餵肥妹，並每天給牠打點滴洗腎。白天形影不離，晚上同床而眠。最後，奇蹟發生了，肥妹完全康復了。貓醫生知道後，就只有目瞪口呆。

現在，BB也有了腎病，兩隻貓每天也要打點滴、洗腎。而阿娣也回鄉了。幸而新來的菲律賓工人阿玲一樣愛貓，已接過阿娣的全部工作。

肥妹憨厚、溫順，我們都偏愛牠，這有時也會引起BB不滿，繼而攻擊牠泄憤。BB有一點兒可恨是吧？但是牠實在漂亮、機靈，恨也恨不了。

我們一起已經十二年了。來日還長嗎？沒有BB、肥妹的日子將是怎樣的？

瘦蜢蜢與黑掹掹

貓主
鄧小巧（歌手）

其實我有三隻貓。如圖所示，林滋滋長期不見蹤影，最肥那隻叫瘦蜢蜢，黑色那隻就叫黑掹掹。

會撒嬌的貓最好命，這真是至理名言。林滋滋的脆弱，讓我很揪心，長期怕牠吃不夠。

三隻貓都是流浪貓，我有時也很矛盾，雖然能讓牠們有吃的喝的睡的玩的，但畢竟要牠們活在我的箱子裡，實在也太辛苦牠們了。記得曾看過一個報道，在某國某人要求養魚的話，最少要養兩條；養貓的話，不可以讓牠們足不出戶。我的貓幾乎每天都可以到戶外「放風」，例如出門口打滾或上天台看牠們永遠也沒法抓到的鳥，但抓蝴蝶和蜜蜂倒有成功過。儘管每次牠們在門口看見陌生人都拔腿就跑，但那短短幾分鐘的出走，對牠們仍然至關重要。當然牠們偶爾也會在放風的時候躲到雜物堆中，有時趕時間真的很氣結！但養貓是要療癒自己，有時也是要受氣的。

養貓除了可以撫摸可以抱抱之外，最大的得著就是學習牠們的自在。牠們一不爽就會從你腳上跳走，但要取暖時就會死纏著你，要你陪玩便會坐上你的電腦，毫不客氣。但我喜歡這種坦白，喜歡這種不怕被討厭只要自己喜歡就好的習性。

我也希望自己可以越活越像貓。

Mimi與Mormor

貓主
林寄韻（電台節目主持）

貓星人Mimi，跟我相處已經接近二十年，一起搬家八次了，每次搬家，就是一種新的生活，忘記也就是如常。如常，無所事事。如常，氣定神閒。如常，理所當然。

聽好了，所謂的貓星人生，最重要就是距離感啊。

每天看著牠，牠總是擺出一副巴不得我快點成長的神氣，然後冷冷的跟我道，許多苦思冥想天然呆都參悟不透的道理，就在某個尋常的瞬間，一切都有了答案啦！死蠢！

至於貓星人Mormor，也和我共處了十多年，時而溫柔敦厚，時而若即若離，有時隔絕於人，有時走入人群，有時黑暗裡亮著眼睛，被人看見或看不見，都很快樂自在。

牠的冷靜與熱情，是那麼恰當地並置一起，和牠相處，我可以讓自己未成熟的地方能夠繼續不成熟下去。

任性Mimi與治癒Mormor，對我心靈具平衡陰陽五行的作用。使我懂得，人，不需要別人的理解都能繼續向前，才算真正啟動在這宇宙生存的密碼。

如果可以學習一套全新語言，貓語似乎是一個不錯的選擇。

相比起學習英語可以接通世界，操流利普通話能夠北上搵食，我寧願學好貓語，足不出戶，與家中兩位千金妙妙和米高好好溝通。跟牠們解釋，身邊除了貓砂、乾糧、水機和玩具老鼠之外，還有愛。

妙妙知道我愛牠嗎？知道我永遠記得當年太太帶牠回家的畫面嗎？

米高知道牠生病時，我們都擔心得像個小孩嗎？

每一次呼和吸，我們都老了一點點。但願可以速成貓語，讓家中兩位千金知道我的愛，有多厚！

在學會喵喵喵之前，我仍會每天好好抱緊你們，用力度，代替言語。

來生也要做你們的主人！繼續愛！

妙妙

貓主

Donald Tong（電台節目主持）

自從十年前在街上拾了第一隻流浪貓回家開始，人生就有了很大的轉變，是貓貓令我變成一個更好的人。

由一隻貓，到一對貓，以至一個家族，幸福滿瀉。從得到貓媽媽的信任，幫手接生，到每三個小時不眠不休的餵奶。由牠像一個暖水球在手上，到睜開眼睛，至行出第一步，然後努力爬去找你，變成一個有重量的毛球每晚抱著睡，默默地陪你走過高山低谷。

貓，讓我成長。成為貓奴後，生活變得很快樂和更有動力。牠們給我最大的愛，令我學懂愛人和愛自己。牠們的信任和依賴，令我學懂「責任」。牠們的頑皮，讓我重新定義「耐性」。牠們的離開，令我明白「無常」，學懂「接受」和「珍惜」。

牠們每一隻都是特別的，在生活裡啟發了我。牠們用最純潔的愛，教著大道理，提醒我們在忙碌的生活裡遺忘了最簡單的幸福。在牠們的愛裡，我找到了平靜和富足，能遇上貓，是我最大的幸運。

貓主

陳意嵐（演員）

清水汪汪子

豬玀，十八個月大的摺耳貓。

牠是從上海乘長途車到羅湖再偷渡到香港。在牠之前，我從未養過貓，所以都是邊養邊學，遇到問題就問其他貓友。而付出的代價是初來埗到的豬玀，竟在兩星期內四次在我的床上大解，有一次更是在我的枕頭上，而我是在睡夢中被臭醒的！當時我是懷著想放火燒屋的心情，再買全新的床單被褥睡枕。與此同時，我亦不停思索，並嘗試找出牠「發脾四」的原因。貓砂換了幾款，什麼豆腐砂紙砂水晶砂有味無味通通試過，貓糧亦換過幾種，但全部不行……在苦無對策之際，突然有一高人指點迷津：「你不如嘗試換一個大點的貓砂盆啦……」從此以後，我跟豬玀就生活得好美滿！

大家如果有機會見到豬玀，除可直呼牠的中文名外，亦可以叫牠的英文名——Judelaw Phat。

Judelaw

貓主

Phat（LMF成員）

我家四貓各具特色，有PR小霸王、有刁蠻公主、有膽小鬼、有不理世事的維園阿伯。

Bikini小姐，現在是家裡唯一的貓女，恃靚橫行，深得主人歡心。男人嘛……總是首先被外表吸引的。

除了外貌，此小姐奪取人心之強項，就連我這個人妻都甘拜下風。牠簡直就如沐浴在愛河中的少女般，每朝見到男人就會喵喵喵滔滔不絕的說話，話題超多的；有時候，牠跟男人更會情深款款的互相對望，還不時依偎在一起……當男人對著電腦工作時，此小姐總會在附近找個有利位置，並必定會在男人的視線範圍、伸手可及之處安靜的等待……

偶爾，男人會帶小姐到睡房，無論男人的鼻鼾有多震撼，小姐都會軟軟的捲在男人的被鋪上睡著……

有說女人像貓，應該有很多男人都想女人會像這樣的貓……

Bikini

貓主

趙學而（歌手）

家裡有三隻貓，都是金吉拉，毛很長，腳很短，肚腩很大，全部都是由Paul Lung的貓家族分散出來的。金色那隻叫蠢蠢，是爸爸；另外兩隻是牠的兒子，灰色夾雜白色的叫Bear仔，全身藍灰色的叫黑珠珠。本來牠們還有個兄弟，叫大嚐飯，可惜前年因病去世，那時牠才一歲多。周柏豪的歌曲《小白》，正是我為悼念牠而寫的。蠢蠢身為父親卻為老不尊，四處撒尿，一發情就會爬上黑珠珠身上幹那回事，父子倆，亂倫得離譜，但見牠一臉無辜，又不忍教訓牠。黑珠珠是我最寵的貓，自從那次十幾個朋友來我家開party，嚇得牠在沙發底下躲了兩天之後，牠就對所有人產生敵意，除了我。牠餘生都會如膠似漆的黏著我。至於Bear仔，最獨立，最氣定神閒，很懂事，有禮貌，喜歡跳上露台邊，看夕陽扮朝偉。

要怎麼形容我對三隻貓的感情呢？嗯……我迷信牠們是不會變老不會死的，牠們會每晚陪我看電視，直到永遠。

Bear仔

貓主

陳詠謙（填詞人、歌手）

十十

貓主

Prodip Leung（LMF成員）

第一次養貓是二〇〇〇年，（A.Room）band房有很多愛貓之人，Davy有三隻，Lo-Jim有五隻，勝哥也有三隻。我之前只養過一隻金毛尋回犬，對貓十分陌生，但緣分卻在二〇〇〇年出現！那是在一次LMF演出後，當晚大家回band房收拾東西，發現band房樓下有兩隻初生的小貓仔，起初以為牠們是被人遺棄在街上，後來才知道是樓下士多那隻貓所生的，就是這樣……在一見鍾情之下，領養了十十。而我也正式成為一位貓奴！

這次機會讓我體驗到人與動物之間的關係，之前養狗的時間雖然很短暫，但對我而言，也是一個十分重要的成長過程。

今天十十已經十七歲了，太太每天都要餵牠吃藥，希望可以幫助牠調理日漸虛弱的身體。現在我們只想每天留在家中陪牠吃吃玩玩，陪牠走完最後的一段旅程。而現在的這種心情，是當初養貓時沒有料到的。

「給貓貓的信：朋友仔，多謝你們！讓我有機會跟你們一起生活，經歷了一段人與動物的奇妙旅程。」

我自小與貓有情，情不知何所起，一往而深。

我懂貓。

牠們跟人，是跟定一輩子，從不見異思遷；牠們只管去愛，少去恨，沒有含怒到日落這回事。對比於人，莫論親友，為蠅頭小事竟可致仇恨半生，豈不諷刺？另外，也想藉此表達動物對生命、對自然的尊重，和那種天賦的樂觀和積極性，其實正是我們絕佳的學習對象。

我愛貓。

從小在我家養過的貓不下七、八隻，日夕相對，主人似物形，我也沾染了好些貓兒的脾氣：高傲、孤獨、敏感，只選擇適當時間才走進別人的空間。

養過的貓中，對黑白長毛貓 Murphy 有最深厚的感情。從第一次在牠寄養的花店相遇，我們便被緣分緊緊繫在一起，此生不渝。

Murphy與 Innika

貓主

歐錦棠（演員）

牠特立獨行、外冷內熱，自恃俊悍外表而傲視一切，自知並非獅子，但卻穩佔家裡小老虎之位。我最愛牠的那雙彷彿會思考的明眸，充滿智慧和自信。牠跟我共處時，卻溫情滿溢，由喉頭發出代表貓的笑聲，「咕……咕……」之音總是縈繞不止。牠對我們充分信任，毫無保留的付出牠有的時間伴隨在旁。我們之間有很好的默契，彼此心照不宣，從眼神表達已可判斷對方的心意，有諸內而形於外，Murphy是我的演技老師。有些時候，甚至覺得牠有自己的思考和判斷，牠通人性的地步，令我覺得牠就是人。

此外，家裡的貓星人還有Innika，我們一起共度了十八年多的光景。我待牠如家人，甚至一廂情願地相信牠們也視我為同類。我們有過甘苦與共的日子，在我最孤獨無助和飽受抑鬱症煎熬的時候，Innika和哥哥Murphy曾是我唯一可以抱著痛哭的對象。無論際遇如何，兩隻小貓也義無反顧，只管全心全意的待在我身旁，往我的衣角和大腿裡鑽及磨面。至後來事過境遷，日子是苦是甜，我們一家四口子都相濡以沫，幸福無比。

如果相信緣分這回事，那麼我和Innika也是註定要在一起的。話說當年我的一位老同學是某著名寵物店的東主，有次到他店內蹓躂，適逢有幾頭同胎的小貓到埗才幾天，想到那時還是女朋友的斯敏快要到北京唸書，她怕我事忙，為免Murphy好生寂寞，正有意為牠找個同伴，於是因利乘便，就放幾頭小貓在地上玩耍，那時的Innika是在眾兄弟中長得稍有不同的，牠沒有其他的高鼻子，而是半扁不高小小的一粒，亦可能因而影響淚水分泌，眼角總是濕了一片。最初，我對牠是完全看不上眼，但一把牠放到地上，牠卻毫不客氣的不斷往我身上爬，直到我的肩上，然後再在上面遊走。你把牠抱回地上嗎？牠又再重施故伎，又拼命往我肩上爬，那時我不禁失笑！這隻到底是猴子還是鸚鵡？最後，牠不僅成功取得我歡心，自此也得到了一個家。

我一直有個疑問，動物到底有沒有精神病？如果大家見識過Innika在家的舉動，相信也會有我同樣的疑惑。牠除了會爬肩膊、怪叫，牠還喜歡與人對話，以及會無緣無故的四處高速奔跑，尤其當我們熟睡的時候，床就是牠的競技場。Innika好動，脾氣大，心情不好時連哥哥Murphy也不給面子；但另一方面，牠卻一直擔當家中的PR小姐，並盡力做好這份工。平時我看書寫作，牠可作為我小小的紅袖添香，十分稱職。細數一下，牠陪我完成了好幾個劇本。但是想不到冧客才是牠的看家本領，每有客人到訪，牠必定一言不發主動的伏在人家大腿上良久，客人走了還得送客出門，只差在未有開口叫「得閒嚟坐」。

但俱往矣，牠們終也離我們而去。作為寵物在世的父母，早就有這個覺悟，但話雖如此，當一再面對不能扭轉的生離死別，那種肝腸寸斷又豈能為外人道。死亡終結生命，卻帶不走緣分，緣起而不滅。

Murphy和Innika，請暫時在天家快樂的好好待著，我們既是有緣，深信有天必能重聚。

最近，我參加了家怡愛貓Crystal的告別式。在十九個年頭相伴之後，牠與世長辭。

其實我們都很害怕失去，所以都很害怕開始。每次見到很可愛的街貓，在社交平台上形形色色的短片、相片都會很心動。但凡有養過貓的人，總會有一種隱隱作痛。就是因為有過太多的經歷，那種比情人更親密的關係，你多麼渴望能跟牠們長相厮守。

8仔與Tigger是我的兩個仔。兩隻不同顏色，個性完全不同的兄弟。

人常說，物似主人形。就算牠們有很多的不相似，但看著牠們，就覺得牠們都很像自己。8仔比較細心，喜歡默默守護著你，不管你是上廁所、沖涼、睡覺，牠都會守在你旁。牠也會八卦，會好奇你帶回家的東西；喜歡看窗，也喜歡新事物；而且充滿energy，總是動個不停。這個靜不下來

的個體，其實就好像工作時候的我。

Tigger 就是一個很嗲，愛說話，為食，會搶奪食物，明明是自己有水卻也硬要飲你杯水。在你使用電腦時，牠也要過來幫你打字（就好像現在的情況），牠最叻仔是懂得按電話。牠好鍾意錫你、黏著你。牠，總是弄得你沒牠辦法。

有時我也會想，牠們會陪我多久？我會不會害怕有一日牠們會比我快老去，並會先走一步？如果我當初沒有領養牠們，其實會不會自由得多？

雖然會怕，也會嫌煩。

但是，我相信，我們之間，

就是一種緣分。

就是一份不離不棄。

就是愛。

就是無可取代。

就是知道。

Tigger

貓主

王宗堯（演員）

你永遠會問自己，到底牠會活幾年。

可能是我們習慣了人與人之間所擁有的時間多的是，而忘記了「珍惜」兩個字，反而在動物身上，可以有一些這樣的概念。

當我每次往外地工作時，也會想起牠看著我關門的眼神，而牠不能像田蕊妮一樣，可以透過手機找到我。這是我們的寵物最無助的處境，所謂的「被動生活」。

牠們一生可能不需要為生計擔憂，看似無牽無掛，但其實每天也不知道你出門後什麼時候回家，這份無奈，是我們不能想像的。我肯定牠很愛我，因為每天早上，只要我一醒來，眼睛一開，牠已經從地上跳到我的大腿旁邊倚著我。

我們之間，不是父女。

希望牠一生快樂，盡量少殺生，下世做人，好好學佛。

杜毛毛

貓主

杜汶澤（演員、導演）

Mr Wong To Shrimp Wong：生命再次充滿溫暖和驚喜！

牠給我的比我給牠的多。

我現役服侍中的貓大人們前世也是我的貓大人們，當我知道的時候是不爭氣的眼淚不停流，因為我覺得一定是上一個 version 大家完成得不夠好，所以這一世貓大人們還要再來找我。我第一隻貓是四歲左右嫲嫲養的，我每天一醒就找牠玩，然後被牠抓，整臉整手的貓爪痕，然後明天再找牠再被抓，後天大後天也如是……直至，用靈擺跟最近的第N代貓大人搭通 wifi 後，基本上眼神、氣氛已經接上，可以跟貓大人腦同步確實是奇妙的！我相信這次可以幫貓大人們完美過版，下世「升呢」有望！

註1：我相信我前前前世都是貓！

註2：我今世的使命我清楚！

註3：我下世可以入返貓道嘛……

Shrimp Wong

貓主

黃秋生（演員）

WaiMan Tsang
小丁
癲噹
謝曬皮
Rex Koo
畢奇
Bao Ho
Wingki Kwok
文地貓
李香蘭
門小雷
夢特嬌荃

Copy與Paste

貓主
謝曬皮（插畫家）

我是Copy，牠是妹妹Paste。（舔舔）。鄰家的貓咪都有可愛的疊字，我家這個女人偏偏改這些亂七八糟的名字，有夠蠢的。聽說是因為小時候我什麼都模仿妹妹，女人就「copy cat copy cat」的叫我，從此她就叫我Copy。說實話，真是侮辱！我們好歹都是做創作的，被人這麼叫顏面何存呢？所以我都不應她的。

回想起是兩年前，我們被義工姐姐Ice在山邊救起，然後不知女人用了什麼手段，從Ice那裡把我們帶走。說實話，當初我和妹妹都心想：「唉！真是倒楣。」這個女人粗心大意，烏哩單刀，沒錢，竟把我們養在她的工作室裡，真是失禮！幸好在那裡有不少甲甴，總算閒時有點娛樂囉！

女人其實都算聽教聽話，看她也不敢讓我們捱餓捱凍；可是有一天，她竟敢拋下我們給她的父母，自己去了很遠的地方，還去了好久好久！要知道她的父親當初極力反對，並揚言要把我掉落街，那個母親也從不喜歡貓咪。嘿，結果呢？現在兩老都臣服於我的男色之下，被我調教得貼貼服服。他們仨爭相寵幸我和妹妹的好處是，他們有時不知道對方已經給了我們零食，便會再多給幾次。哈，真是蠢死了！對於他們一家的表現，暫時我們都尚算滿意的。可是間中也受不了女人跟我們說話時的聲音，和抱起我猛力用她的嘴和我碰撞，嘔心死了。但為了芝十三文魚夾心餅餅，這些委屈也不算得什麼。

笨薯

貓主
文地貓（插畫家）

沒有想過會擁有這隻又哆又惡又膽小又多嘴的貓星人。

作為資深貓奴，我替大仔、二仔都改過名（米高、多多），拾到這隻小貓回家後，我的前度夾硬要替牠改名，其實牠不笨不薯，至今仍不明白他為何要改人家為笨薯。

十二年前，我和同事出外買午飯，突然看到街上有人手持一團毛毛放到馬路旁的一個A4紙箱裡。那紙箱都被雨水弄得濕透了，紙箱蓋看來亦已被一隻小貓抓出一個洞來，只見牠拼命從這個洞口逃走，卻又不斷被路人捉回去……直至被我看見，牠便註定成為我家一員！還記得牠全身濕透，四肢狂撐我的手，我捉著牠時反被狂咬。想不到牠小小的身軀，卻擁有強勁的力量，那刻我心裡說：人仔細細你好大力囉！

當日行都行不穩的小貓，今日已是四肢粗壯的老貓。但在貓奴心裡，牠永遠都是當日那個力大無窮的貓BB。

有人說笨薯遇上我是牠的福氣，我倒覺得，我遇上了笨薯是我一生的幸福！

二〇〇二年夏天，剛中五畢業，我和一個中學同學去石澳玩，回程時在巴士站旁的爛地遇見小貓丁丁，手掌那麼細，毛色很差，嚴重虱患，獨自在食泥。我很想把丁丁帶回家照顧，卻又怕拆散牠與家人，於是我們從旁觀察半小時，確定牠的阿媽沒有出現，我就決定做牠的新阿媽，並用帽子裝著牠回家了。

丁丁後來變得越來越壯健，現在牠已經十五歲了，就跟當年把牠帶回家的我差不多年紀。我看著牠長大，牠亦陪伴著我成長，我改變了不少，但丁丁卻由始至終都是那麼有性格，從不被人馴服。

丁丁

貓主

門小雷（插畫家）

大約三年前，我領養了第一隻貓肥佬（黑貓），由於怕肥佬寂寞，八個月後，我再領養多一隻貓女（白貓）陪牠。

到現在，我也難以肯定是貓影響了我，還是我天性如此，反正就是開始跟牠們生活後，我發現自己越來越慵懶，有很多個早上起床後，都不打算有任何計劃，只跟貓們閒賦在家無所事事，然後就這樣過了一天。過往每逢節慶總要忙於張羅禮物或佈置家居，然而看見貓們對節慶無動於衷，又讓我覺得節慶的確很無聊，以使近年幾乎完全不熱衷於節日活動。養貓後，甚至開始不修邊幅，打扮非常隨便，完全不想花時間思考配搭，添置衣服的費用也越花越少。食具亦然，以往每逢出外旅行看見精緻的器具，總是忍不住買下，現在我也跟貓們一樣很隨便，反正能夠盛載食物便行。現在想來，養貓最大的得著反倒是替我省回不少不必要的花費。

黑貓堂

貓主

Rex Koo（插畫家）

Honey

貓主
畢奇（插畫家）

在領養中心轉了很久，也拿不定主意想帶哪一隻貓咪回家，就在我們離開之際，我看到一個被布蓋著的籠子，在夾縫間隱約看到一顆又圓又大、金黃色的眼睛，我頓時跟這雙眼睛有一個很奇妙的聯繫。一向相信一見鍾情的我……原來對選擇貓咪也是一樣。那刻，我的心告訴我——就是牠了！

原來那貓咪才剛被帶進來，是未開放給領養的，但不知道是否貓咪已經步入老年（很多人都會選擇領養年幼的貓咪），領養中心的人就讓我們把牠帶回家了。

牠的名字是Honey，是去世了的主人取名的。牠雖然已經八歲了，但活潑得像年幼的小貓咪一樣。每個早上，Honey都會喵個不停的跟我說早安（想要玩或吃）；畫畫的時候，牠會躺在旁邊睡覺；播電影的時候，牠總會進來一起看。我們的生活因為有了Honey而加添了太多的樂趣，也再想像不到沒有貓咪的生活了。

豆豆

貓主

李香蘭（插畫家）

豆豆是我的玩伴、摯友、親人和愛侶。當年牠的蘇格蘭摺耳貓媽媽出去玩有了BB，之後小野貓出世便由模達灣搬家到下禾輋村。

這小鬼豆豆戴著口罩，身穿灰色型格外套，貌似藝人張智霖，俊朗而帶點傻氣。牠經常盤算著去蒲，希望可以穿梭於屋簷冒險。但可惜牠天生患有白血症，身體很容易受感染，只好留在家中。記得牠有一次偷走時被逮捕，我才發現原來牠相約了大黃貓去街，那隻肥貓在路口徘徊仍不見豆豆，非常失望呢！最難忘的是每當我們切蛋糕和食海鮮的時候，為食的牠總會爭位坐，希望加入聚餐，能分得餸頭餸尾。

豆豆一生只有一位朋友，就是家中年紀比牠大八年的貓貓。不幸去年老貓已與世長辭，剩下寂寞的豆豆會不時仰天長嘯。

姣姣芳齡十歲，黑白色，本地純種港產貓，面上有一副蝙蝠面具，覆蓋著其傻更更的真面目。

牠來自林村的一條村路上，由於牠不怕人，愛討吃，很可愛的樣子，所以我就將牠帶回家。牠有異常姣的叫聲，夾雜著性感的呼吸聲，我曾一度以為牠是有貓 BB 的貓媽媽，直至發現原來牠有男貓的特徵……

姣姣

貓主

癲噹（插畫家）

貓！全部都是貓貓貓！我絕對有理由相信牠們真的是外星人來入侵地球。而我自己也不知道是什麼時候開始已被貓星人洗腦，自己的生活佔了至少三分一以上都是跟貓有關的。（昨天工作中途也不知怎的跑去跟貓玩……）

貓有種態度，就是「串」，但就是「串」得起。這種霸氣我想學，但學不來，因為做奴才就是要乖乖認命賺錢養主子。但換來的是在我睡醒時，發現有個臭屁股一直睡在面前要給你早安吻，或是鏟乾淨屎的時候，尊駕才跑過來屙臭臭。雖然只有在吃飯的時候，牠們才會記得自己姓甚名誰，但牠們做蠢事時那個蠢樣，睡覺睡到肥肚朝天，一看就會覺得「冧」。第二天奴才又會努力工作賺錢養這群大帝。而貓奴就是這樣煉成的。

貓主

Bao Ho（藝術家）

BerBer

BB

貓主

小丁（藝術家）

貓BB與我過的是相互「入侵」式的生活，牠不黏我時，我壓著牠，強迫牠親我；我不想牠黏著我時，牠就壓著我，吵著我。互相騷擾是我們表達愛的方式，很可怕！

貓BB是從街上撿回來的，牠兩個月大被接回家後，便不再想離家了，即使最初住在村屋高層，貓BB和貓仔仔在打開了露台門的廳中東奔西跑，也從不對屋外的地方感到好奇。牠雖然是流浪貓，但卻膽小得很，兩歲前每遇到朋友來訪我家，牠一定先躲藏起來，到訪朋友必須耐心等候，大約二三小時後，待牠們適應了陌生人的氣味，才會慢慢走出來迎賓。

養了貓BB的一個月後，我到了一家店，發現寄養在店中的母貓生了數隻小貓，我領走了其中一隻兩個月大的貓男，仔仔。領養貓仔仔是為了讓貓BB有一個玩伴，可一起玩耍奔跑。仔仔是貓男，個性比較活躍，在牠小時候已經跟我不親近，也可能牠知道我愛的是貓BB。牠心碎了，便打算當一隻真正的貓，只跟貓要好。

實不相瞞，貓BB黏人的性格，其實是被我訓練出來的。我作為一個怪貓家長，讀大學時，撿牠回家以後，便天天要牠陪我做功課。我讀的是multimedia design，用電腦的時間很長，細小的牠本來跟仔仔玩得累了就睡在沙發上，但我卻要抱牠們到我的大腿上，一邊睡一邊陪我做功課。起初兩隻貓在大腿上睡不久，就會感覺不舒服，跳回沙發上睡覺。而我會趁牠們睡著了，又把牠們移回到我的腿上。後來牠們被我挪移得多，漸漸地習慣了在我大腿上睡覺，一直到牠們半歲大，我的大腿已經容不下二隻貓，這「地盤」才被貓BB獨佔了。近年，我也由很喜歡「被睡」上，發展到大腿又麻又急要趕牠們走的地步，我真是「惡有惡報」啊！但由於牠們已坐了這麼多年，後來無論我坐在哪裡，牠們都一定要霸佔這個「皇位」。

大力仔、酥酥：

你們知道嗎？跟了我十六年的黃貓喵喵（是牠的名字，對了就是那麼沒有性格的名字）離開了我之後，我要多少勇氣才決定再養貓？看見你們就是一見鍾情的那種，有點要橫手優先從暫托手上把你們搶回來的。可是，你們不像從前喵喵那樣喜愛跟我親近，（你們更像汪汪）除了要吃外，就不會跟著我。你們是更喜歡我的老爸老媽，聽見媽回家酥酥會撲出門口迎接，爸在沙發睡著了，大力仔會睡在他的大肚子上，但我一抱你們，你們就要掙脫開，我確實有點生氣。我知道了，因為我忙沒有多留在家陪伴你們，那我倒謝謝你們讓我的爸媽快樂多了，看見你們跟爸媽玩，其實比起你們跟我玩，我更開心，真的謝謝你們。雖然你們最愛的不是我，但我仍是那麼愛你們的。

家裡的閒人　上

大力仔與酥酥

貓主

Wingki Kwok（插畫家）

喵仔今年十九歲，是中學時的一位同學在學校附近雨中煲煙時發現的。當時牠掛在一棵樹枝上喵喵叫，身體只有手掌般大……

後來由我接手，我把牠偷養在自己的房間內，就這樣牠一住就住了十九年，跟我們經歷了家庭變遷的種種。現在家人雖各散東西，老喵還在跟我爸堅守在這家的最後防線避難所。感謝！

喵仔

貓主

夢特嬌荃（漫畫家）

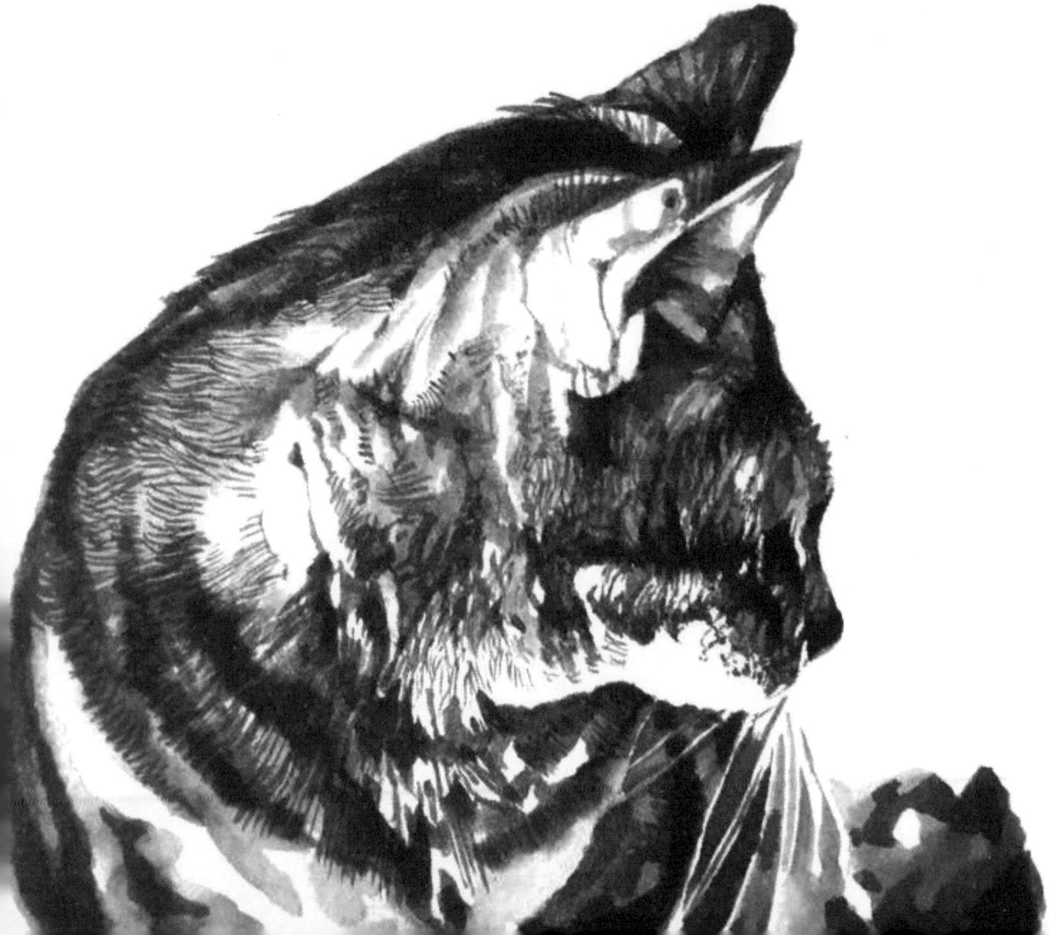

卜

貓主

WaiMan Tsang（插畫家）

卜離世已久，雖然牠在生時我對牠日常照顧周全，但牠不是我的愛寵，我心中掛念的也常不是牠，但時日並不能消滅牠在我心中的印象。

卜瘦弱膽小，稍有怪聲也會匿藏一整天。在一眾活潑開朗的動物中，牠毫不起眼。直到知道卜得了腫瘤那天起，我心裡每天都充滿了卜的大小事，餵食、餵藥，重複的日程並未把我累倒，但每當看到卜精神不錯時，我心中的那份期盼，跟牠多次手術後造成的傷痛，而起的心痛擔憂，令我的情緒困擾不穩。那短短半年的日子，我感覺十分漫長。

最後，卜還是不敵癌症。但直至牠氣絕前的一刻，還是堅持日常生活的態度，令我深受啟發。在牠離開前的一天，在金黃色陽光下，牠躺臥著的美麗景象，更是深深的印在我腦海中。

卜，感謝你相伴十年。

陳少琪

Heidi Mak

James Leung

紅頭

Molly

Tim Lui

Carmen Lau

莊兆棠

金寶

貓主
陳少琪（填詞人）

養貓十多年，剛開始養的是三隻英國短毛貓，牠們帶給我們無數作為貓奴的快樂，這種快樂並非來自我們馴服了貓大爺們，而是透過適應牠們的傲慢、小氣、慵懶、撒嬌、愛面子、霸道等「氣質」，從而改變了我們的生活。於是，我們習慣了無論多累，睡前必須擼一下牠們，然後在牠們的咕嚕咕嚕聲中入眠；而我們的睡眠姿勢，也是牠們在床上各據一方後，根據所剩餘的空間而定。我們出門前，必須檢查所有衣櫃，確保沒有非法禁錮牠們。再加上，定期帶牠們去做體檢、洗澡、剪毛，當然還有每天頻繁的倒掉砂盤裡的淘金。總括而言，你說是誰改變了誰？

跟名種貓共存共榮十年後，數年前我太太在我們北京的家樓下遇到了流浪貓金寶，當時牠向太太發出了一連串高十六度的長音，分明是為了要找一個家而發出的哀求。後來，牠成為了我們工作室的保安員。雖然我們一直聽過「以收養代替購買」這句口號，但經過跟金寶相處之後，看到牠從落魄江湖變成貴公子的極大反差，我們才領悟出一個道理——名種貓們自然會有牠們的好歸宿，但流浪貓並不然，我們不收養金寶，可能牠已過不了下一個冬天，也可能被人抓去宰了。金寶的性格非常溫純，貓品極佳，是上天送給我們的珍貴禮物。這種禮物，今天我們家裡已經有五份。

考慮了很多年，才有膽量去領養小貓。而在網上不同的領養專頁，都看過很多合眼緣、想見一面的貓，卻唯獨是看見你們後，不知為何很有行動力去安排見面、領養。這應該是我們之間的緣分吧。

自從成為貓奴，真的感覺像養育小孩，總會擔心你們在家過得好不好。試過一次出埠時，因安排上出了問題，catsitter 未能到家裡照顧你們，理性告訴我只一兩天，你們不會有很大問題發生，但人在外，心裡很難受，回到家一見到你們，就馬上擁著你們大哭。

又一次找來動物傳心師跟你們「傳心」，當她說到，澎湃不太滿意我轉糧，比較喜歡以前的口味。應該是很小事吧？但那刻我強忍著淚水，很自責自己照顧得你們不夠好。當傳心師說到，你們喜歡在我們家生活，馬上很感動，因為，我也喜歡你們住在我們家呢！

自從你們來了，我對萬物生命有更多的反思，對流浪動物有更多的關注。感謝你們出現在我的生命裡，讓我成為更好的人。接下來的日子，要健康快樂地生活啊！

澎湃與花蓮

貓主

Tim Lui（填詞人）

Uncle的出現，是在《那誰》MV前的幾個月，亦是我遇到人生中一個重大事件的時候。

現在家中有三隻小貓，只有牠，願意睡在我的枕邊，一直聽我說話。牠的表情是苦情的（相信這是大部分exotic的表情）。我每天與牠傾訴，牠的表情回覆，都是帶點難過的。我深信牠聽得明白。牠眼泛淚光，代我哭，分擔我的痛。我們經歷了一段最難過的日子。幸好三個月之後，一切都好了。

於是，到了今天，牠依然是我最寵愛的小孩。如果沒有牠，相信所有故事都會改變。

感恩我們遇上的那一天，還有我的兩隻英國短毛可愛小貓——小丑和小古。

Uncle

貓主

莊兆榮（MV導演）

小貓

貓主
Heidi Mak（編劇）

我是家中的獨女，父母經常因工作而不在家中，每當他們不在家的時候，小貓就是我最親的親人。

怕黑的我，在睡覺時總會把小貓抱入懷中；害怕行雷的我，在行雷時總會抱緊小貓，某程度上小貓已成了我生活的依靠。同時，我亦因為牠，而多了回家的動力，牠更令我學會保護自己所愛惜的伙伴。記得有一次小貓生病入院，當時的我有如三魂少了七魄，情緒處於崩潰的狀況之中；我深深覺得自己還未盡全力照顧及了解牠。貓不會説人話，很多時也得靠細心觀察才知道牠們生病（可能我家小貓愛裝堅強，跟我一樣性格硬頸）；自那次之後，我每天也會抽時間跟牠對話，甚至乎靜下來看牠的一舉一動。

若要説自己是貓奴，我想這也是雙向的，貓那副高傲的性格，不一定會認你作主／奴，所以若然牠認定那位幸運兒是你，恭喜你！你必定要好好珍惜。

親愛的 BuBu：

原來是一隻寵物店的「貨品」——白灰色的美國短毛貓，有一對藍色漂亮的眼睛。或許更應該叫你 Bu 狗，因為你比貓更像狗。

已經來到我們家第三年了，在這裡生活得不錯吧。有好好忘記以前不愉快的經驗嗎？那些住在廁所籠子裡，每日只吃一餐，被人打的可怕日子。放心吧，以後都不會再有的！因為我們都很愛你。你很喜歡 Wally 哥吧？那隻比你先來到我們家，跟你同年的貓貓，現在你們的樣子都很像呢！你已從一隻十分沒有儀態的貓，慢慢學得斯文紳士了。因為你把 Wally 享受生活的一舉一動都學得似模似樣了！

Bu 狗，雖然你是一隻喉沙貓，個子矮小，罵你時又愛頂嘴，但看到你甜美的睡臉，還是十分討人喜愛的。希望你繼續在我們家，跟 Wally 開開心心、健健康康地生活下去！

Molly（對你不離不棄的主人）　上

BuBu

貓主

Molly（美術指導）

自二〇〇九年開始了我的貓奴生活後，就完全愛上了。

SoLumLum 在三年前開始進駐我的生命，在我感到寂寞、孤單的時候，牠會陪伴著我。牠的性格比較不像貓咪，喜歡黏著人，有如小朋友般可愛。

我最希望牠能健康、快樂地生活。我會永遠愛著牠。

SoLum Lum

貓主

Carmen Lau（經理人）

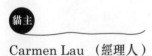

bath time. They also make their requests known, like drag me out to the garden or ask for food immediately, they can be pretty demanding at times.

I can't imagine a life without a cat, a pet, a companion, a family member, a listener, a friend, and a lover...Meow Meow Miaow!

Meow Meow Miaow

Cats...ummm...how would you describe them? They have so different personalities, sometimes it is difficult to understand all of them.

They may look stupid and cool on the outside, but they actually understand what people say on the inside – just because they are too arrogant to follow your instructions.

Cats have always been part of my life as I have had cats since childhood. It seems that we are inseparable for some reasons. Every time one passed away, I was so heartbroken to the point that I swore I would not get another cat. That being said, one or two or three or even four of them will eventually take residence in the house. When you come home from work late at night and the rest of the family are asleep already, it's kind of nice to have something to pet and talk to.

Currently, I have two at home. They are from the same litter – a big brother and a baby sister. I call them Dai Ma and Sai Ma. Their characters are so different, the big brother is always cool but the baby sister always seeks attention and rubs against us.
Cats tend to sleep a lot, like 13 – 14 hours a day. Cats in the wild are active during night time. But since most cats are domesticated nowadays, they just do whatever they like and whenever they like.

They step on you when you are asleep, sit in front of your computer, and even nestle on the keyboard when you try to work. They follow you wherever you go, even during your

---

Dai Ma

貓主

James Leung（電影導演）

I was told that I was a breeder cat
I lived in a small cage
One day I was saved
A redheaded hoomin girl adopted me
I went to live with her
I've been looking for cheeseburgers since 2009
I love eating
And sleeping
And listening to space music
And thinking about my plans to take over the world
Bwahahahahaha

PS. EAT YOUR VEGETABLES AND DRINK WATER OK

ToTo

貓主

紅頭（電影副導演）

Jacky Yu

卓琳儁禮

司馬十二

Boey Wu

Cecila Kwan

Grace Ho

鍾燕齊

ShirleyPearPear

KiKi

素顏天使

Siu Car

三貓媽媽

Marcella Tong

Angel Lo

菇爹

黎杰

Tinny

Lawrence Tsang

Panda

花花與啤啤

貓主

Jacky Yu（囍宴負責人）

貓給了我什麼？

牠們教懂了我，對生命尊重的一種態度。

我同時有養貓和狗，貓不同於狗。

狗極其依賴主人，需要主人的關注與寵愛；而貓則會把你當成朋友，由於習性不同，牠們大多擁有孤傲與自我的個性，這也是貓的迷人之處。

對於養貓狗，相信很多人都有過許多顧慮，例如寵物的壽命一定會比主人短，而這麼多年擁有彼此的生活，卻都真真切切的存在過，如果註定要遭受這等離別之痛，還不如當初就不要去養。但生命是不可抗拒的，擁有靈魂的生命都有自己的歸宿，而我，也是抱著尊重生命的態度去對待牠們，這也是我對於生命的回饋，至少可以讓牠們結束流浪，過上還算安穩的生活。畢竟當初是我們人類馴化了牠們，如今再不管不顧，實在於心不忍。

養貓者，過程都一樣，無非是生活中發生的大小事件，但牠們帶給我的快樂卻是無可比擬的。人總有孤獨的時候，即使有知心好友或另一半，也不見得會完全理解你。但貓不一樣，也許我沒有開口說一句話，只是一個無法偽裝的眼神，牠們便會接收得到，也許僅此而已，但這種被理解的感受是非常溫暖的。

我家的貓咪斑斑、花花、啤啤和 May May 都曾經是流浪貓，而牠們也是我生命中珍貴的存在。謝謝你們！我也希望更多正在流浪的貓狗能找到愛牠們的主人，有一個家，能給人帶來歡樂，也完整了自己的生命！

貓仔

貓主
素顏天使（博客）

每一次告訴別人牠的名字叫貓仔，別人總是表現出一臉鄙夷，並疑惑怎麼會改一個那麼普通的名字？其實最初我叫牠積積的，不過怎麼喊牠都沒反應；但在家裡每當我叫牠貓仔，牠聽到後就會擺尾，似在告訴我：「我聽到了，不要再叫啦！」所以，我就叫牠貓仔好了。

我獨居後沒多久就收養了貓仔，從牠兩個月大養到現在十幾歲，我不敢想像，沒有了貓仔的生活會怎麼辦！這十幾年間，身邊的男伴換完又換，但就只有貓仔從頭到尾都在我身邊。當然我不認為貓仔可以取代任何人，但同樣地，也沒有任何人可以取代貓仔在我心目中的位置。我從不認為貓仔是我的主子，可以說貓仔是我的同屋主，大部分時間我倆都不會打擾對方。有時候我需要抱一下，我會走到正在熟睡的牠身旁，大力的抱牠，或許會把牠弄醒；有時候牠需要抱一下，牠就會走到正在電腦前工作的我的旁邊，拍一下我的手臂，喵喵的叫，示意要我抱抱。貓仔的脾氣有時候很暴烈，有時候又很溫馴，牠心情不爽的時候，會無緣無故咬你一口，然後逃之夭夭；需要親熱的時候，又會圍著你的腳邊團團轉。某名男友總說我的性格跟貓仔一模一樣，我都不知

道是我影響了貓仔，還是
貓仔影響了我。

Momo

貓主
三貓媽媽（博客）

大家姐Momo是三貓家的元老，也是三貓家的大家姐。

我曾經説過，女人從二十至四十歲這二十年間，會經歷人生最多重要的時刻——大學畢業、工作、戀愛、結婚、生孩子……

在這重要的二十年間，Momo已陪伴著我十九年了。

這十九年，我每天回家的第一句，都是：「Momo，我回來了！」雖然每次餵牠的不是鮪魚便是鮭魚，但我也會不勝其煩地問：「Momo，今天吃X魚罐罐好嗎？」這十九年的每一個晚上，不分春夏秋冬，我也會向在臂彎睡覺的Momo説一句：「Momo，晚安。」無論是「Momo，我回來了！」「Momo，今天吃X魚罐罐好嗎？」，還是「Momo，晚安！」，牠聽後也會發出低沉而帶點不耐煩的「喵嗚」聲回應我。可是，現在這「喵嗚」已成絕響。而我也花了一整年時間，慢慢習慣回家打開門時，看不見在等門的Momo；慢慢習慣聽不到Momo滿帶牢騷的「喵嗚」聲；慢慢習慣身邊沒有了會打呼嚕、像白色棉花糖的Momo靜靜的入睡……

阿銀、爆爆與財寶

貓主
鍾燕齊（銀の文房具店主）

去年年底得到一位良心業主的支持，讓我們搬到新蒲崗。搬進來之後不久，我們領養了一隻小貓咪，那時牠才三個多月大，現在牠已成了我們的貓店長——阿銀。而這個空間亦因而命名為「銀の文房具」。

阿銀是在二〇一五年八月三日在新界粉嶺因貪玩爬到樹上，幸好遇上關注流浪貓的義工把牠拯救並收留下來。他們隨即把這隻可愛小貓阿銀的相片刊於面書群組上，我們看到之後，隨即聯絡貓義工希望收養牠。之後的程序是需要經過家訪，並要近距離接觸小貓咪後，看看大家是否有這個緣分。當我把阿銀抱在手上，感覺到牠的性格很隨和，於是便決定收養牠，把牠納為我們的家庭成員。因為牠全身都是白色，加上擁有金銀色的眼睛，故為牠取名阿銀，並決定將文房具以牠的名字命名，而銀の文房具就此誕生！

財寶，則是一隻神奇貓，學習人類語言能力非常之高，能夠清楚説出開門和唔好等字句。牠亦是一位暖男，每當我身體不適時，牠一定在旁陪伴，用溫柔的肉掌輕輕觸碰著我，十分窩心。財寶，媽媽希望你身體健康，開心快樂地繼續長伴我左右。而財寶更加擁有自己的面書專頁。

另一隻擁有藍色毛髮的貓是爆爆，為何會叫牠做爆爆？我跟爆爆初次遇上的時候，牠只有兩個月大，牠在我們家中，發生了很多令人難以置信的事。例如我們上班的時候，牠會開水喉弄得全屋水浸，水一直流到樓下；另一次就是因我晚歸，牠扭開收音機，並把聲量調校至最高，騷擾了全村人，當我回到家時，已看見樓下有警車和警察，我問警察發生什麼事，原來就是爆爆把收音機的聲浪開至最高。當然爆爆還製造了很多很爆的事情，所以叫牠爆爆，是最貼切的了。

阿九與阿十

貓主
司馬十一（攝影師）

我有兩隻仔，一隻阿九，一隻阿十，而我只是十一，家中排行最細，地位亦然。

阿九，蘇格蘭短毛摺耳貓，十幾歲。根正苗紅的blue blood，在一堆貓中可能算是最醜的一隻，但就像醜小鴨般越大越靚仔，亦越有性格。由於牠擁有貴族的特質，所以從來只覺得你在侍候牠，牠也從來只用肢體語言來表達喜好，從不會主動開口。曾經有段時間，我懷疑貓星人是否不懂發聲的。牠會咬你表示肚餓，會壓在你身上表示困倦，並會以兇狠的眼神表示對你夜歸的不滿。一切已經無須用任何語言，只間中利用肢體衝突來表達互相的關懷。

阿十，英國短毛混種貓，九歲。性格開朗，咄咄不休。由於知道自己是草根庶民，繁文縟節從不遵守，從來就以鳩叫來表達一切，八卦生事，好勇鬥狠，從小就喜歡挑戰阿九，亦深知不是對手。可能是天生的老饕，對人類的飲食頗為執著，喜歡聞咖啡索牛扒，但對各種魚類無感覺。如果阿九是寡言的話，阿十就一定是精通多國語言。簡單而言，牠是熱情、愛說話、充滿自信、喜歡交友。綜合而言，牠似狗多過似隻貓。

我已經不想記得牠幾多歲。

對別人而言，牠是性格高傲的家貓；
對於我，牠是最嗲最懂事的本地短毛貓。

牠的眼睛就像懂得看穿我的一切，
在牠兩個月的時候，遇上了十八歲的我，
那年我和牠的媽媽都不見了，
然後，我們相遇，
我收養了牠，牠支撐著我，
每當牠睡在我胸口，
我就被儲存了溫暖。

貓主

Siu Car

林亞珍

皮皮

貓主 KiKi

皮蛋、皮皮，又名妹妹，歲半女大，身形屬嬌小。皮皮是家中收養的第三隻貓，對上有兩個哥哥。皮皮性格活潑好動、八卦，愛「蝦蝦霸霸」，經常追打兩個哥哥，是家中的小霸王！而且牠非常愛演內心戲，每次被爸爸責罵，瞬間便可以流出兩滴眼淚，頓時令爸爸心軟。家中上下對牠都十分遷就，錫牠，是家中的掌上明珠。

皮皮是一隻不懂喵喵叫的貓，牠只懂「get get」叫，無論是叫牠或罵牠，牠都只會「get get」回應（其實也只是做口形而已，並沒有發出聲響，類似平時貓貓見到雀鳥時的情況）。

牠最愛的食物是脫水雞肉，常吃也不會厭倦！還有，牠很喜歡飲水，尤其是洗菜水；其次是麵包，這跟其他貓是不一樣的。皮皮不喜歡吃濕糧。

牠任何時候都喜歡跟著媽媽，喜歡叼著逗貓棒給爸媽要求陪玩；每當聽到媽媽唱歌都會很緊張，會咬媽媽的臉、叼著她的手拉走，想將她收藏在安全的位置。

而皮皮最喜歡做的事，都是欺負哥哥！

在一個下著微雨的中午，我在街頭遇上一隻可憐的小貓。牠在路邊顫抖著低聲地叫喊，令我完全沒有顧慮其他的事就抱起牠回家飼養。年少的我，幸得父母的同意，令我擁有養小貓的美好時光。可惜我的小貓在幾歲時，不幸地在窗口跳下死亡。那時的我，傷心難過極了，母親也責怪自己沒有把窗關好。當時我痛心得再沒有養小貓的念頭了……

多年後，我有了自己的家庭，我的小孩竟也盼望擁有一隻小貓。作為媽媽的我，這時才重新思考養寵物的事。我們一家經過仔細的思考，才作出養小貓的決定。為求小貓來到後，能活得健康舒適，我們在牠來臨前，謹慎地作出各樣的安排。

現在就讓我向大家介紹這位家中新成員：「Shiloh，男貓，性格文靜。牠不太調皮，算是一隻斯文貓。牠平日最愛情深地依偎著主人。我們一家有了牠後，增添了不少歡笑聲！」

Shiloh

貓主

卓琳雋禮

貓貓最神奇的地方，就是牠們不用做什麼，只要你看著牠們便會覺得很療癒，就算沒有互動，只是看著，什麼問題都不再是問題，憤怒和傷心都不再存在，尤其是看著牠們睡覺，整個世界也變得安寧，心很舒服。

自小家裡都有養狗，牠們都是很可愛很乖乖的狗，但不知為什麼我對現在兩隻貓的愛，比以往任何一隻狗都大。可能就是貓比較像人類，不是呼之則來揮之則去的。家裡兩隻貓貓其中一隻比較文靜，一臉滿不在乎的樣子，但有時從牠的小舉動中，你會知道其實牠很愛你，這隻貓每晚十二點就提醒我要跟牠一起睡覺。試過我有一晚夜歸，牠不跟我入房睡覺了，這是一次低調的投訴。

我十分幸運，能夠遇上兩隻性格和脾氣都很好的貓貓，每天看著牠們，我都覺得十分感恩。如果從頭讓我選擇一次，養貓還是狗呢？我還是會跟萬千的貓奴一樣，選擇永遠跟貓一起生活。不是因為養貓有十萬個好處，或者養貓比較方便，而是我們的心都被貓貓俘虜了。

貓主

黎杰（賣仔勿摸頭店主）

Kit

常有人用禽獸不如來形容一些人的行為比禽獸更不如，是意含貶意來說明人應該有比動物更高的情操。在我看來，人的確是禽獸不如，但不如的是動物如貓、狗，牠們沒有人性卑劣的一面，如貪婪、自私、軟弱、善變……；相反，牠們擁有人們一直嚮往歌頌的性情，如忠誠、勇敢、堅強……活著，牠們從不退縮！

相識十年的好友，可一朝反目；但相處十年的貓，牠仍是一如以往的個性，不造作，忠於自己，並不會因為我們的生活變得富或窮、或身體變得衰弱了而改變……牠們只會默默地在你身邊。

喜歡貓，因無論你的境遇如何，心情如何，牠們都好像明白了一切似的，默默在你身邊；或許，喜歡跟貓相處的原因，可以八個字形容：簡單易明，心照不宣。

波子

貓主

Lawrence Tsang（攝影師）

關於我與牠的故事。

我從來沒有養過貓，對貓一無所知，只聽人說貓很有性格。當我決定迎接一位貓星人回家時，我是相當緊張的，不斷上網找資料及加入大小的貓貓群組，務求以最短時間了解貓星人的習性，以及比較哪隻乾糧好等等。

終於到了貓小姐來到我家的大日子，我懷著戰戰兢兢的心情。貓小姐由最初對我懶得理睬，到現在的相依靠，就如小王子與狐狸建立了互相馴養的關係，只要互相馴服，大家就能成為互相的唯一。貓小姐耳朵的缺陷，在我眼中正是牠獨特的標誌，牠冷漠的性格正是牠可愛的地方。我不需要貓小姐變成善解人意，我只希望牠身體健康，在我的家過得開心快樂。

妹妹

貓主

Marcella Tong

Ah Dee

貓主

Cecila Kwan

Ah Dee 的來臨，是我完全始料不及的。

我一直都很愛貓咪，基於家人的原因卻一直未能擁有一隻，結果每次有朋友外遊需要有人照顧家中的貓咪，我都會舉手自薦。我會樂於做廳長以賺取跟貓貓一起睡，也甘心一早被牠們踩肚要早飯，還有嗅到廳中的屎味而起床鏟屎。

說到能擁有自己的貓，其實是我搬出來自住的其中一個原動力！到了今年終於有能力迎接新居，小天使就來了。一個周末的早上，在半夢半醒之際收到一個訊息，朋友的朋友因不能再照顧家中的小貓（九個月大），便問我有沒有興趣，並要盡快回覆。結果我在家中全無貓用品的情況下，以九秒九高速去接走小貓，並順道買了貓糧及必須用品。在九小時內，我也毫無先兆地正式成為了鏟屎官！

Ah Dee 是男貓，但非常喜歡撒嬌，喵起來也很高音（甚至走音），每天最安靜的時候，除了吃飯，就是在我看電視或 iPad 的時候，牠會窩在我隔壁睡覺，真的很黏人。而每次我回家，看的都是同一個畫面——牠喵著伸懶腰，「典來典去」，直到你好好的幫牠做按摩。

這就是牠的世界、牠的唯一。我們在外面有無盡的世界、同伴、活動，但你就是毛孩的一切。

你每次和牠四目交投，牠好像能默默地看透你心的最深處，然後牠喵一聲，就能把你一天的不安不快給清洗一空。結果牠做的每樣搗蛋事情，我都笑著善後（奴性如此）。我想成為母親的感覺也差不多吧？

希望 Ah Dee 繼續健康快樂地度過每一天，每早努力喵醒我，踩我的肚子。這就是貓奴的富足。

Lingb 的出現是緣分！

六年前，當時我家的老貓（又名：貓貓）已十二歲，名副其實的「孤獨老人」。牠越大脾氣越臭，可能是因為貓奴服侍不周！作為奴才，心常想著如果多一位主子陪伴，貓貓應該會開心一點。想時遲那時快，得知同學家

Lingb

貓主
Grace Ho

的貓要生小毛孩，馬上跟同學認領了小主人。因為 Lingb 跟貓貓顏色相似，都是虎斑貓，個性都是大膽百厭，所以就一見如故！牠們由怒目相視到冬天糖黐豆般互相取暖，貓貓哥在這裡度過了四個快樂的年頭，直至二〇一四年移民到彩虹橋。在貓貓最後的兩個月，我都要為牠餵藥餵糧，Lingb 在旁邊也好像知道哥哥不舒服，不時靜靜的擦身問候。

別了貓貓，我心裡總覺得不好受，常想如果早點帶牠看醫生，可能會早點發現牠的病。這也促使當我發現 Lingb 喝水喝多了一點，就馬上帶牠到獸醫處，醫生見牠精靈活潑，也說牠應該是沒事的，但我還是堅持驗血，怎知道檢驗結果指數不好，再照超聲波，最後斷定是腎病，馬上要讓牠留醫打點滴！我真是晴天霹靂！而醫生更說腎貓是不會痊癒的，每天要吃藥打鹽水，Lingb 才四歲呢！現在回想，那時我回家拿著針也不知道怎麼打，試過到媽媽家找她幫忙，也試過因為失敗要回診所。「The best is always yet to come」。現在我夠膽說，我應該可以到獸醫診所當兼職。（另外，幾經訓練，媽媽也成為餵藥打鹽水高手！）同學也說，Lingb 若不是跟我回家，留在她家跟父母和哥妹一起，就未必能察覺到有腎病。

想來也感恩，因為直到今天，Lingb 除了要定時見醫生（牠的一張可愛臉可是診所醫生護士的寵兒），吃藥打鹽水外，牠也是一個快樂的小毛孩，家中的大小姐！

今生有幸當了十幾隻貓咪的奴才，現在要談談你們對我來說的意義。我一直想了很久，都寫不出來。就像要形容一個伴著自己相愛了數十載的愛侶，用片言隻字怎麼可以說清楚。

兩年前，我擁有了真正屬於自己的地方，Mocha、蘑菇和奶油多三隻貓先後成為了我的寶貝；然後，朋友又送來了別的小貓，我的家一下子變成了一個大家庭。小時候，家裡即使養魚養倉鼠，父母也會諸多抱怨；現在，我是十多位貓星人的媽媽，很多很多責任亦隨之而來。

剛開店時，生怕不夠錢養你們，經常兼職工作至凌晨三四時，然後拖著疲憊的身軀穿著高跟鞋，回來替你們鏟貓砂添加糧水。你們每一個都像很懂性的，每一天把頭埋進我的懷抱裡；我上廁所，你們八九隻小貓就跟著我到廁所；我坐在沙發上，你們就坐在我的大腿，每一隻都在咕嚕

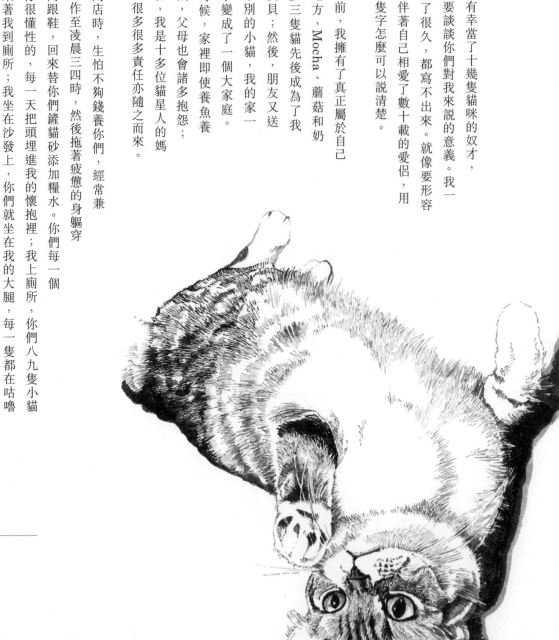

咕嚕；有時候你們會滾地，並會對著我笑。每天只要看著你們乖乖的吃最好的乾糧，便便看起來健康，就是貓奴最大的快樂。

人們常說貓很治癒，我想不只是因為牠的樣子吧！世界上，只有動物會不論你貧富美醜，也會永遠愛你。即使牠因為搗蛋隨處大便被罵而氣了你，但半小時後，牠又會跑回來親你，而你也可以完全忘記了牠剛才的頑皮。

奶油多出生時就剛好是我開店的月份，我的店在成長，裝修擺設不斷變得更好；我也在成長，無論是日常家務清潔、照顧自己、人情世故、壓力應對，對比起讀大學時，現在學到的更多；奶油亦在成長，牠由手掌大小的貓咪，在絕育後，變成肉肉的肥妹，更越來越可愛。

很多人問我為了貓，放棄了安安穩穩朝九晚五的工作；因為貓，全身抓痕，放棄了模特兒本來應該好好保養的手腳皮膚；為著貓，放棄了無牽無掛去外地旅遊的時間，這樣值得嗎？但是，只要能夠讓自己的家人快樂，我得到的滿足已經比失去的多太多了。

你們每一隻都是我的家人，我希望將來真的擁有一個家時，你們每一隻都會在我的新家。祝福媽媽。

謝謝你們！Mocha、蘑菇、奶油多、花生糖、蛋卷、阿呆、珊珊、鮮鮮、金多寶、Miumiu、Charlie、乖乖、奶皇包、斑馬。

奶油多

貓主

ShirleyPearPear（模特兒）

濛

貓主

Boey Wu（靈性導師）

濛是一隻曾經患貓瘟的流浪貓，牠被貓義工帶到流浪貓屋治療，之後被我領養。牠的左眼曾因貓瘟受損而白濛濛一片，所以我便為牠起名為濛。

那年夏天，牠選上了我。在貓屋中，牠突然跳到我背上。原本我是想找隻貓女孩（貪女嗲），但竟突然殺出了這隻其貌不揚的獨眼濛。沒想到獨眼濛會是如此嬌嗲的，一天到晚嚷著要抱，睡覺要一起，洗澡亦要一起。我亦沒想到原來黏人是因為貓瘟未癒，牠一直身體不適，而黏人大概是因為我們的愛能令牠好過點。

這黏人的獨眼濛，眼睛不好、呼吸不好、牙齒不好。獸醫都告訴我們，貓瘟不能痊癒，牠一生都離不開藥丸藥水；此外，亦叫我們作好心理準備。經過幾次出入醫院，牠的牙齒已幾乎全部脫掉只餘下四隻犬齒，而各式各樣的檢查亦需刮掉肚子及手臂的毛。這隻可憐虛弱的獨眼濛，回到家中一直哭著要抱要黏要我們愛。

經過多年，誰會想到今天在我家中的那隻霸道無理、恃寵生嬌得令人又愛又恨，人稱「濛爺」的麻甩貓，就是當天的那隻小可憐？牠左眼的視力已由矇矓變得清晰，剩下的四隻牙齒亦變成最厲害的撒嬌武器，原來脆弱的身體已變成強壯而頑劣。我們用愛療癒了牠的頑疾，同時我們的愛亦栽培了牠成為活躍霸道的濛爺。

濛，願你繼續健康地霸道下去。我愛你。

Goodull

貓主
菇爹

Goodull是我家的大阿哥，除了年紀最大，牠也是最權威的一隻，家中其他六隻貓從來都不敢惹牠。牠是一個管家公，偶然有弟妹犯錯，Goodull便會跑出來替我主持公道教訓牠們。

Goodull很聰明，也很愛說話，尤其是討吃時，就會在你身旁一直碎碎念，不管是半夜還是一大清早，牠會叫到貓奴投降，跟牠進廚房才罷休。

Goodull很膽小，還記得在牠小時候，家裡有裝修工人來進行工程，牠會躲進床底或衣櫃頂。有一次搬屋後，牠更長駐衣櫃頂，整整一個月才肯下來回復正常生活。現在牠年紀大了才好一點，沒那麼怕生，但還是很怕外出。每次帶牠看醫生，牠叫聲之淒厲，別人聽到簡直以為我要把牠劏了！

Goodull已經十五歲，以人類的歲數來算牠已接近百歲了！

Goodull，何家上上下下都很疼愛你！

小白

貓主

Tinny（傳媒人）

「你離開了卻散落四周……」

在看過最後一抹落霞，你不辭而別，走到一個沒有病痛、沒有煎熬的地方，自由奔騰。

小白五年前來到我家，牠是十二月二十六日出生的，這是一份 boxing day 禮物。有了你，是我每次想起也覺幸福的事。你從來也不是被我佔有的寵物，而是一起成長、經歷的親人，你從不跟小黑與鄧小屏爭風呷醋、搶食，總是像紳士般當伴讀書僮，愛擱在電腦前陪我打稿，有時會跳上我大腿打盹，你總是這麼善解人意。

我曾以為自己可以用盡一切方式保護你，但主人的力量太渺小。人類雖然很努力地以對動物的「周到」來引證自己的文明，事實這個不受監管的獸醫世界，比殺戮森林更野蠻。兩次手術、三度全身麻醉、十天的折騰、無數次面對只講錢的醫護團隊，就這樣害了一條不能辯訴的動物生命。最後，只換來冷冷的一句：「I'm really sorry for your lost」。在所謂動物界的「養X醫院」裡，那種偽仁心仁術，觸目驚心。

那天細雨飄飄，是上天為送別你而流淚嗎？最後一瞥圍著鮮花的你，再次握著你的小手吻你，但你已不再撒嬌嚷著要抱。按下無情的按鈕，火花迸發，你化成青煙縷縷，住進我為你準備好的心扉角落。

從來我都喜歡狗，直到遇到你，我只能說我喜歡你，但不代表我喜歡貓。然後，我就用對待狗的方法跟你相處，你亦好像狗一樣，第一天到我家已經要跟我同床睡覺。

我這十五年，也應該是每個人人生階段中的黃金時間，有你相伴，我覺得是應該的。雖然我在近幾年開始，已有想像過沒有你的日子會怎樣過，以為自己已做好了心理準備。我自問是個冷靜的人，但由你病的第一天開始，整個世界都變得不一樣，感覺生活再不會有圓滿的感覺。

沒有你的家已經有差不多兩個月了，你有來探過我嗎？或者你一直都在？若果你還在的話，我勸你快點離開，因為你看著我也沒用，我再也不能幫你按摩；要不你投胎後再來找我，要不你多等一回，再投胎做人，到時我要你做我的主人，我會迫你幫我按摩，我每天黑著臉看著你，我做錯事就會跟你以前一樣裝可愛的看著你。

昨天看到一段新聞，聽說有醫療團隊已找到貓咪腎衰竭的原因，而治療藥物三年後會上市，到時貓的平均壽命可延至三十歲。然後，我幻想往後的十五年還有你在的生活……

次郎

貓主

Panda

貓咪是很可愛沒錯，但不要只看到貓咪的可愛一面，有時候牠們根本就是惡魔投胎，專門折磨愛牠們的人類。飼養貓咪必須付出相當的代價，才能擁有牠們天真的可愛、貼心的黏膩。養貓可不是簡單的事，先看看你能不能無怨無悔接受貓咪的荼毒，再決定要不要帶牠們回家吧！

貓咪是好奇又固執的一種動物，加上牠們有磨爪子的需求，只要見到家裡有適合的物品一定難逃魔爪，一般常見淪為貓咪爪下物的東西有：沙發、書櫃、床腳、窗簾、紙箱、書堆……甚至音響，都難逃被抓的下場。兩個多月大的小貓因為正在長牙，加上開始學習狩獵本能，除了爪子也會利用小牙大啃特啃，這時除了傢具，就連主子的手腳都會遭殃。放在桌子、櫃子上的東西，牠們每一件都要仔細檢查，輕則一撥了事，重則撥到落地為止，更慘的是直

接吞下肚，所以養貓的家裡通常無法放太多小飾物。

貓不像狗狗那般好客，大部分的貓怕生，見到陌生人進門通常會躲藏起來。有些貓咪很怕改變，例如傢具的搬動、陌生人的出現、不滿主子變兇、貓砂不乾淨、有新貓或新寵物加入等等，都會造成貓咪心理上的不安，反映出的行為包括：亂尿尿、拒食、攻擊、異食、抑鬱……，這時還得抽絲剝繭找出原因對症下藥，好好的安撫牠，有時還不見得有用，這點比較其他動物實在有點麻煩。到了發情期，母貓因為生理變化會經常半夜嚎叫，公貓會四處噴尿。養在家裡的貓則會想盡辦法出門，小則吵到自己，大則騷擾了鄰居，讓人不堪其擾。

幼貓期至一歲時，是活動力最旺盛的時期，在強烈的好奇心驅使下，不管看到什麼都很感興趣，不定時的爆衝，加上貓咪是靈活的動物，可以天天在家裡表演飛簷走壁的特技，這時家中的雜物會全部遭殃，也許別人看到會覺得小貓活潑可愛，但是主子可能要天天收拾殘局。到了貓咪年紀越來越大，體力不如年輕時期，最常做的事就是睡覺，白天睡晚上也睡，而最常做的動作變成伸懶腰和打呵欠，呼叫牠的時候都不理會，偶爾冷冷的看著主子當作回應，對於性子急的人來說，可能無法接受這樣的情況。

貓不像狗，狗必須每天溜才能讓牠開心的完成排泄大事，但貓只要天天清理砂盆就好，輕鬆得多。清貓砂是每天必做的功課，就算偶爾想偷懶一下，拖個幾天才清理，萬一遇上有潔癖或太敏感的貓咪，牠可能會利用隨地便

嘉嘉

貓主

Angel Lo

溺的手段來警告主子，所以只能每天鏟貓大便，乖乖認命做個貓奴才。當然排泄物也沒有芬芳的，可是貓的尿騷味（尤其未結紮的公貓）和屎味，也實在教人不敢領教。不管使用除臭能力多強、多高級的貓砂，新鮮的便便還是會令家裡更有「味道」的。另外，貓咪每天在砂盆進進出出，也會將砂帶到房子各處，就像是怎樣清也清不完一樣，必須勤勞清掃，才能保持家中乾淨。

不管是長毛貓或短毛貓，掉毛也是貓最大的缺點，平時牠們已經常換毛，到了季節交替的換毛季節，掉毛的情況就更嚴重，貓毛滿天飛舞的戲碼天天都在家中上演，萬一家裡有個過敏體質的人，養貓就會變成一種酷刑，就算貓咪怎麼可愛貼心，也敵不過鼻涕連連淚水不斷的折磨；更嚴重的，吃這個也癢吃那個也癢，不吃還是癢。雖然說只要勤力一點天天清理便可以改善，但是對於過敏體質的人來說，還是不要輕易帶貓回家讓自己痛苦的好。

而不受教、不聽話也是貓的缺點（也是優點），有的人會認為貓咪不如狗狗般貼心，一叫就來，但因為貓天生就獨立，能夠自己照顧自己，不需要聽從人類的指揮，加上牠們對於疼痛的忍耐度非常高，有時很難從外觀看出牠們正在生病，這時平日的教導就變得很重要了。很多貓主子對貓咪會過分溺愛，變成貓才是主人，而主子成了寵物，但其實適度的責罰與教導是必要的，否則日後貓咪要是生病上醫院還是會一樣不合作，造成醫療上的困擾，甚至延誤病情，那等於是自找麻煩。

養寵物本來就是花錢的，尤其是養貓花的更多。貓咪的周邊商品除了最基本的砂盆、食器之外，固定的支出就是飼料與貓砂了，更好命的貓咪，主子還會提供高級罐頭、營養品、各式新奇的貓玩具或貓跳台等。另外，定期的預防注射與健康檢查、洗牙、驅蟲等醫療支出，也是龐大的開銷，貓咪萬一生病了，錢更是一直不斷的往外流。養貓花錢嗎？沒錯，非常花錢！

以上是我的個人經驗見解，當然不是每一隻貓都這樣，但是養貓前請先考慮一下！以上這些都是可能發生的問題，要是有任何一點無法接受，那請千萬不要只因為一時衝動而把貓咪帶回家。若到最後因為無法接受任何牠的天性而不好好照顧、退回、轉送，甚至遺棄，這樣不如一開始就別擁有會更好。

DRAWINGS

貓

緣來如此

Story with Cats

與貓結緣

記得媽媽說過，爸爸還未跟她結婚前，已養了四隻狗三隻貓；到我出生後有記憶時，家中亦有一隻狗兩隻貓，可以說前半生有部分時候身邊都有貓家人。

家中的啡間花貓咪佬，年紀老邁。在我小六那一年的某天早上，二家姐發現牠已去了彩虹橋，當時我和二姐哭得差點不能上學。那個年代，拍照並不是一件普通的事，因此我們與咪佬的合照就只有三數張，至今仍然保存。

一九九二年，當時公司有一個同事亦是一位貓狂。家中有十三隻貓，他養的大都是甘吉拉的品種，因他沒有把所有貓都絕育，每過一陣子都會有貓BB可給朋友領養。最初，我從他那兒領養了一隻，名字叫亞肥；後來，再領養了兩隻給我大家姐，牠們的名字是囡囡及妹媽；過了兩三年，因大家姐需往上海工作，囡囡及妹媽則交了給我們跟亞肥一起照顧。而亞肥跟妹媽後來生了仔仔，仔仔又跟後來加入的黑妹結了婚。這貓家族就從這時開始不斷壯大。

過了多年，亞肥及妹媽因年老仙遊。仔仔與黑妹的子女，不少都送了給我公司的同事，當中包括畫冊中的肥毛及Mocha等。

仔仔的女兒大灰及兒子細佬，就跟我一起生活。然後，細佬跟另一位新成員妹豬結婚了，牠們也有再生貓咪，細佬便變成爸爸級了，而仔仔則成了亞爺，當年的亞肥便是太爺。

細佬跟妹豬生了六隻小貓，我保留了兩隻金金及肥Bee，其他的則轉贈了給身邊愛貓的朋友。

這樣，跟我一起住的共有五位貓星人（大灰、細佬、妹豬、金金及肥Bee），基本上，我深信亦感受到牠們都非常懂人性，只是有著不同的表現。

畫冊中的素描，大部分都是亞肥家族的成員，當中包括大灰、細佬、肥Bee、妹豬、肥毛、Mocha、妹妹……

這十三年來所畫的數十幅貓素描，當中大部分都是我家中的貓星人。

兩隻小貓依偎著互相取暖。

妹豬是最容易發脾氣的，而她發脾氣的主因都是爭寵。牠最想獨霸我這個貓奴主人，很多時牠發脾氣就是因為其他貓在我身邊。

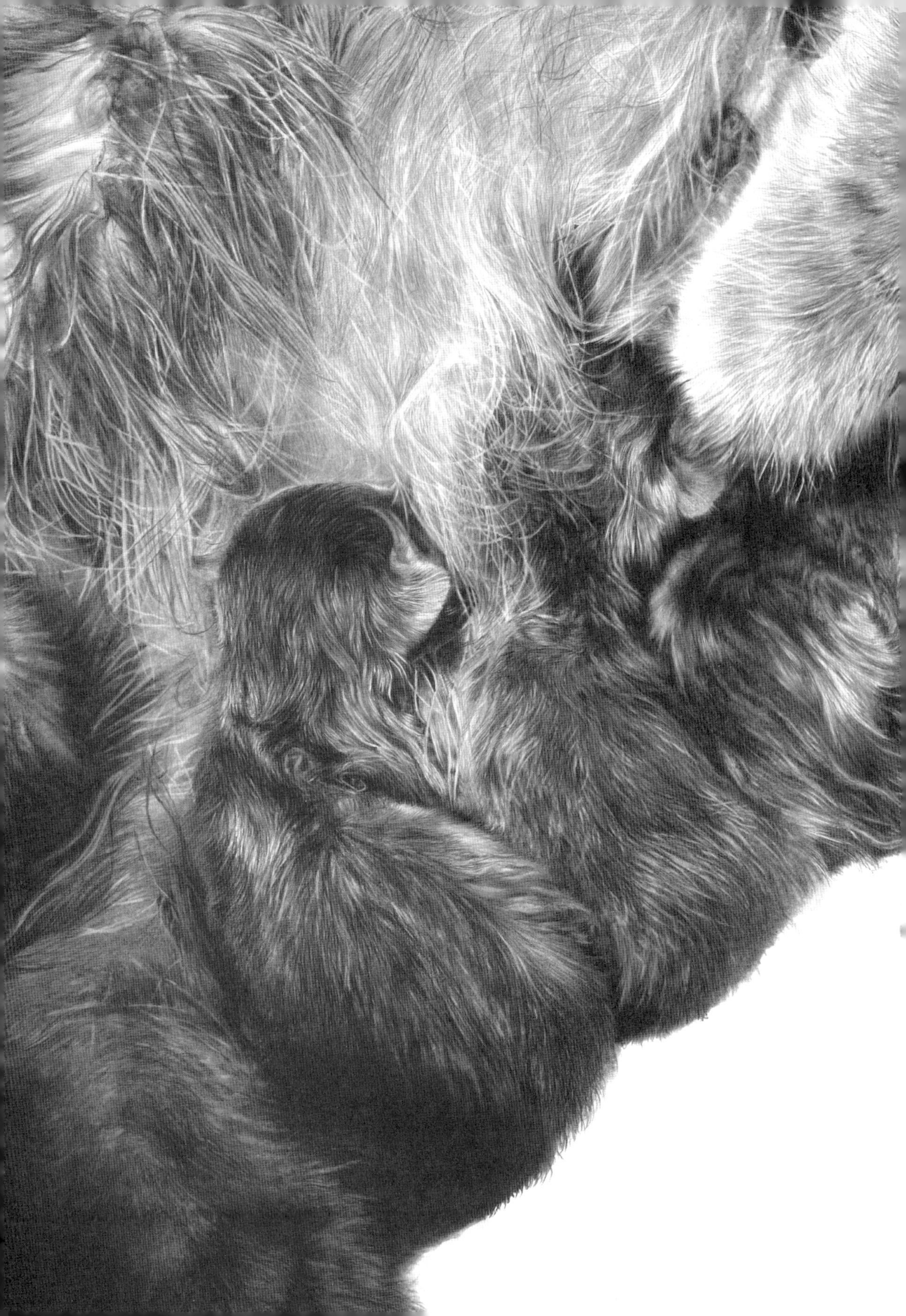

大灰是最溫柔的，永遠都禮讓其他貓。

大灰會照顧小貓，幫小貓洗澡。

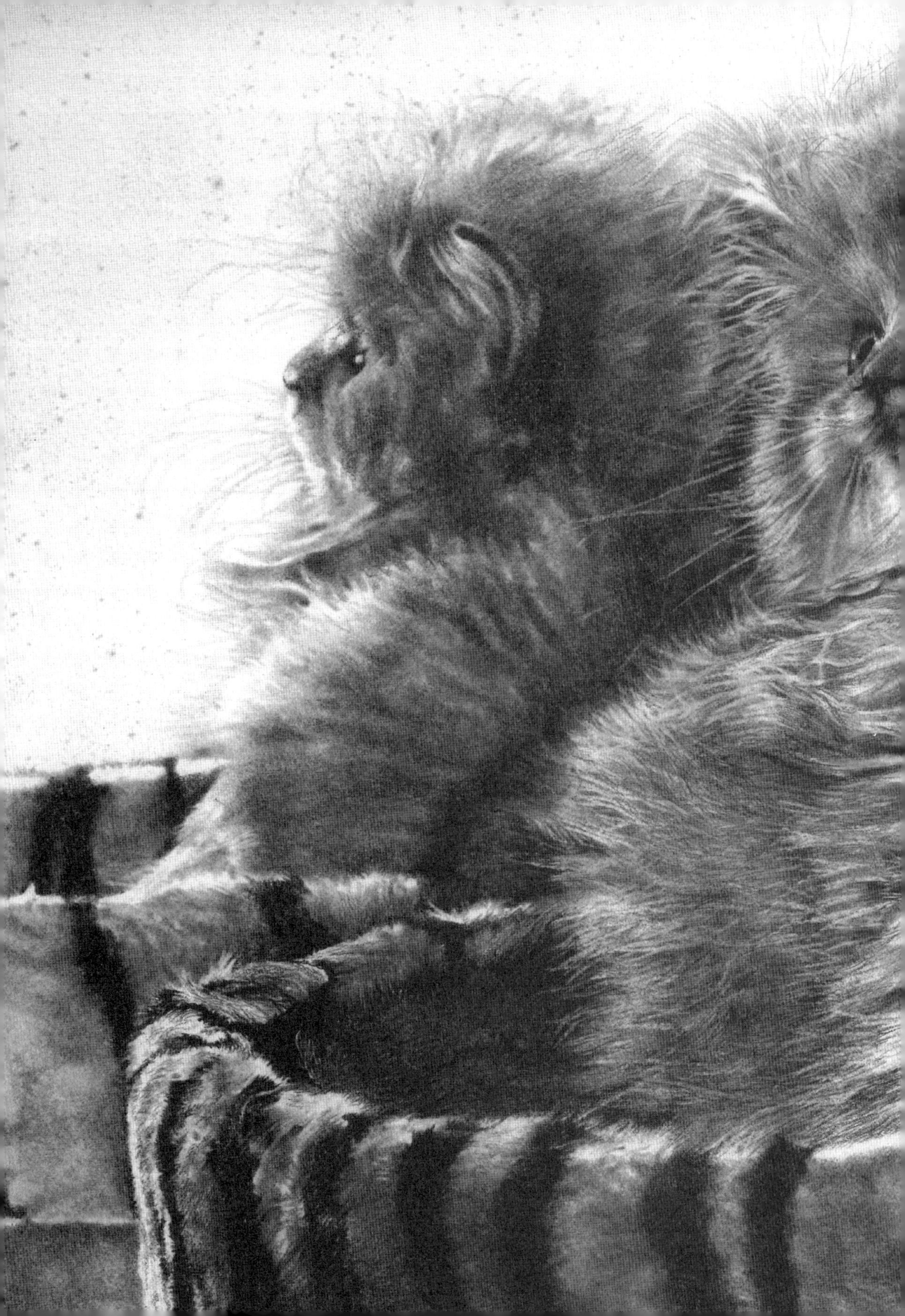

大灰亦是最熱情最不怕人，每每有親朋戚友到我家，其他貓都跑到睡房，只有牠熱情的用頭去頂著摩擦著朋友以示歡迎，甚至會跳進別人的懷抱中。

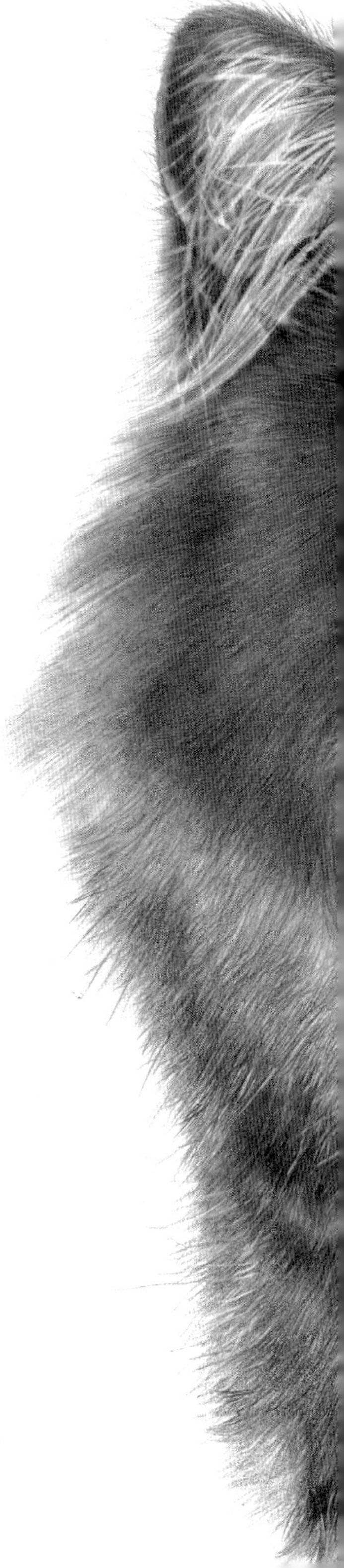

細佬是最願意表達，最表現出牠能聽懂人話的。

細佬從來沒有什麼訓練，亦沒有那些「sit sit, hand hand...」的用語，只需跟牠如人一樣對話，牠都會如實地作出反應。

細佬跳上沙發，望著別處的貓零食，只要跟牠說：「老闆，剛吃過飯，再過一小時，十點半吧！十點半才吃零食。」細佬聽後，便會跳回自己的床。但最厲害的是，牠真的會在十點半時，再跳上來！那怎能不相信牠能聽懂說話還懂看鐘呢？

可惜的是數年前，細佬亦因年老走了，走時我跟牠對話，牠的尾巴可以用擺直及擺橫來跟我溝通對答……至今我仍記掛著細佬。

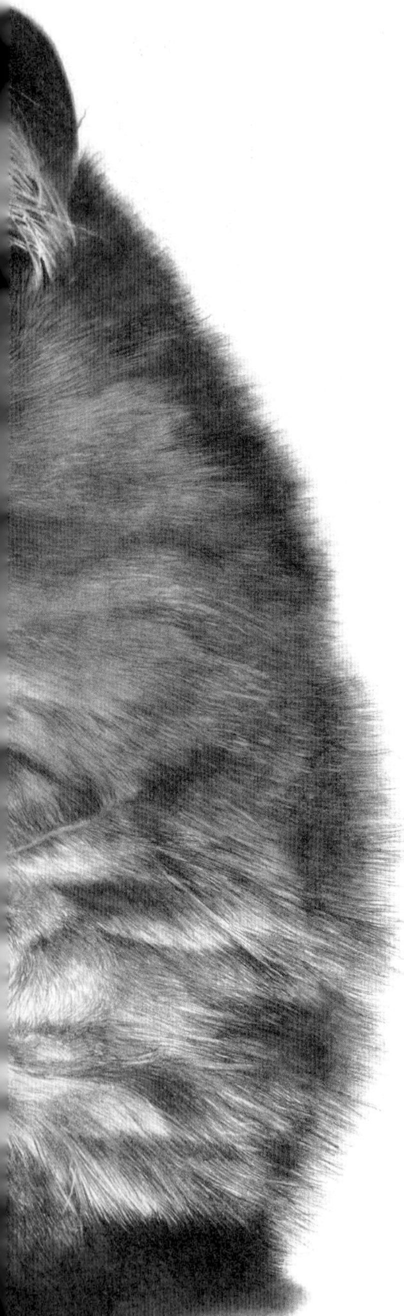

看著小貓入睡，心裡便覺安穩滿足。

貓有時像人，好像在靜心思考著什麼。

貓是從外星來的嗎？牠們是否要教曉我們需要懂得的？

在牠凝視的眼神中，腦筋似在不斷運轉，思考貓生。

大灰與細佬姊弟倆的感情要好。

P.173	大灰 2006	作畫時間：35 小時 297 × 420 mm
P.174	大灰 2009	作畫時間：40 小時 420 × 594 mm
P.176	大灰 2005	作畫時間：45 小時 594 × 420 mm
P.178	大灰 2008	作畫時間：60 小時 420 × 594 mm
P.180	大灰 2006	作畫時間：35 小時 594 × 420 mm
P.182	大灰、細佬、肥Bee (左至右) 2015	作畫時間：80 小時 508 × 762 mm
P.184	細佬 2006	作畫時間：40 小時 594 × 420 mm
P.186	細佬 2007	作畫時間：30 小時 420 × 594 mm
P.188	細佬 2008	作畫時間：30 小時 420 × 594 mm
P.190	細佬 2007	作畫時間：30 小時 594 × 420 mm
P.192	細佬 2007	作畫時間：40 小時 594 ×420 mm
P.195	細佬 2008	作畫時間：50 小時 420 × 594 mm
P.196	細佬 2008	作畫時間：25 小時 594 × 420 mm
P.198	細佬 2010	作畫時間：32 小時 594 × 420 mm

P.201	細佬 2009	作畫時間：60 小時 420 × 594 mm
P.203	細佬 2014	作畫時間：85 小時 420 × 594 mm
P.204	細佬 2006	作畫時間：45 小時 594 × 420 mm
P.206	肥毛 2006	作畫時間：40 小時 297 × 420 mm
P.208	肥Bee 2007	作畫時間：33 小時 594 × 420 mm
P.210	Miu Miu 2012	作畫時間：100 小時 420 × 594 mm
P.212	Sai Sai Gor 2007	作畫時間：30 小時 594 × 420 mm
P.214	MoMo 2010	作畫時間：15 小時 420 × 594 mm
P.217	Tiger 2009	作畫時間：30 小時 420 × 594 mm
P.218	Gooloo 2011	作畫時間：30 小時 594 × 420 mm
P.221	Tim 2011	作畫時間：50 小時 420 × 594 mm
P.222	大灰、細佬 (左至右) 2007	作畫時間：36 小時 420 × 594 mm
P.224	朋友的貓 2006	作畫時間：40 小時 420 × 297 mm
P.226	朋友的貓 2008	作畫時間：90 小時 594 × 420 mm

作品
列表

List of Works

御貓

貓之速寫及素描

sketches and realistic drawings of cats

PAUL LUNG

責任編輯 李宇汶
英文編輯 陳蕾
書籍設計 姚國豪

出版 三聯書店（香港）有限公司
香港北角英皇道四九九號北角工業大廈二十樓
JOINT PUBLISHING (H.K.) CO., LTD.
20/F., North Point Industrial Building,
499 King's Road, North Point, Hong Kong

香港發行 香港聯合書刊物流有限公司
香港新界大埔汀麗路三十六號三字樓

印刷 美雅印刷製本有限公司
香港九龍觀塘榮業街六號四樓A室

版次 二〇一七年六月香港第一版第一次印刷

規格 十六開（180mm×238mm）二三二面

國際書號 ISBN 978-962-04-4170-7

三聯書店
http://jointpublishing.com

JPBooks.Plus
http://jpbooks.plus